E. Ray Sanders

Die Protokolle des Gideon Blake

Band II / Im Schatten der Glocke

AF239807

E. Ray Sanders

Die Protokolle des Gideon Blake

Im Schatten der Glocke

Impressum

Bibliografische Information der Deutschen Nationalbibliothek: Die Deutsche Nationalbibliothek verzeichnet diese Publikation in der Deutschen Nationalbibliografie; detaillierte bibliografische Daten sind im Internet über http://dnb.dnb.de abrufbar.

Verlag: BoD · Books on Demand GmbH, Überseering 33, 22297 Hamburg, bod@bod.de

Druck: Libri Plureos GmbH, Friedensallee 273, 22763 Hamburg

ISBN: 978-3-8192-2792-9

Inhaltsverzeichnis

DER KLANG IM NEBEL

Northumberland, nahe der schottischen Grenze. Der Regen fiel schräg gegen das Fenster des alten Bahnhofsgebäudes, das längst nicht mehr von Zügen angelaufen wurde. Die Schieferplatten auf dem Dach glänzten nass, und im Nebel war nichts zu sehen, ausser hügeligem Land und den Andeutungen eines dunklen Waldes in der Ferne.

Ein Mann stand unter dem Vordach des Gebäudes, die Kapuze tief ins Gesicht gezogen. In seiner Hand: ein brauner Umschlag, auf dem mit krakeliger Schrift nur ein einziger Name und eine Ortschaft stand.

„Gideon Blake, Staithes"

Drinnen in der leerstehenden Wartehalle tropfte es von der Decke. Auf der Holzbank lagen ein paar lose Papierfetzen, von Wind durchgewirbelt. Auf einem Blatt mit Kugelschreiber geschrieben:

„Niemand betritt Tallow's End bei Nebel. Wer es doch tut, kommt nicht allein zurück. Dreimal hat man den Klang der Glocke gehört. Und jedes Mal ist jemand verschwunden."

Der Mann ging weiter bis zur nächsten befestigten Strasse und liess den Umschlag mitten auf der Fahrbahn fallen. Dann ging er, wortlos, in den Nebel.

*

Eine Woche später in Staithes. Gideon sass in seinem kleinen Wohnzimmer an seinem Schreibtisch, das Fenster zum Meer geöffnet. Ein Stapel Bücher lag vor ihm, daneben eine Tasse Tee. Er hatte gerade seinen letzten Fall archiviert, als er die Tür zum Flur aufgehen hörte:

„Die Post."

Rief jemand vom Flur ins Wohnzimmer. Gideon stand auf und begab sich in den Flur. Er bückte sich und nahm die zwei Briefe und einen Prospekt in die Hand. Der braune, leicht schmutzige und unscheinbare Umschlag interessierte ihn eher als die Rechnung und der Prospekt. Er hielt den Umschlag in der Hand und drehte ihn um. Kein Absender, und kein Datum. Nur sein Name und die Ortschaft, in welcher er wohnte.

„Der Umschlag ist über Umwege zu uns gekommen Mr. Blake". Rief ihm der Postbote noch zu, bevor er sich wieder auf sein Fahrrad schwang und davon radelte.

Gideon öffnete ihn. Ein einzelner Zeitungsausschnitt fiel heraus. Aus einer lokalen Gazette, vergilbt und ausgeschnitten:

„Erneutes Verschwinden in den Torffeldern. Die Einwohner von Tallow's End sprechen von der Rückkehr der Glocke."

Darunter mit Kugelschreiber geschrieben:

„Wenn jemand zuhören kann, dann du."

Gideon starrte lange auf die Zeilen. Dann legte er den Zettel behutsam auf den kleinen Schreibtisch, ging hinüber zum Bücherregal und zog einen alten Buchband hervor.
„Grenzlandlegenden – Nordengland & Lowlands"
Er schlug eine Seite auf. Ein altes Foto und ein Dorf im Nebel sowie ein eingestürzter Glockenturm. Er las den ganzen Abschnitt über das Dorf und eine angeblich geheimnisvolle Glocke.

„Tallow's End – Ort des Schweigens."

Gideon griff nach seinem Notizbuch und schrieb danach in klarer, ruhiger Handschrift:

Fallnotiz – Eintrag 1 Tallow's End
Region: Northumberland, nahe der schottischen Grenze
Phänomen: verschwundene Personen, lokale Legende um alte Glocke Hinweisgeber unbekannt. Verbindung zu früheren Fällen unklar. Erste Erkundung geplant

Er stand auf, ging zum Fenster und sah hinaus in die Weite. Es war Zeit um seine Ausrüstung zu packen. Eine kleine Reise stand bevor.

*

Es begann, wie es immer begann, mit der Stille. Nicht jener nächtlichen Stille, die sanft über das Land sinkt, durchbrochen vom entfernten Rufen eines Uhus oder dem gelegentlichen Winseln des Windes zwischen alten Fenstern. Nein, dies war eine andere Stille. Eine, die kam um etwas zu nehmen. Eine, die sich wie ein Schleier über das Dorf legte, zu schwer um vom Wind bewegt zu werden.

Elsie Cartwright sass aufrecht in ihrem Bett. Ihre alten Hände lagen auf der Decke gefaltet, ihre Finger so steif wie der alte Ahorn vor dem Fenster. Der Mond war verdeckt, der Himmel schwarz. Nur der Nebel war zu sehen, dick und weisslich, mit einer seltsamen, inneren Bewegung, als würde er nicht vom Wetter, sondern von einem Willen gelenkt.

Sie kannte diesen Nebel. Sie kannte ihn schon viele Jahre. Seit der Nacht, als wieder jemand nicht zurückkam vom Glockenturm. Niemand hatte je ein Wort darüber verloren, nicht wirklich. Der Turm war schon immer alt gewesen. Und er war gefallen. Aber sein Klang...er blieb.

Elsie lauschte. Die Uhr tickte nicht, sie hatte vor Jahren aufgehört und sie hatte sie nie reparieren lassen. Keine Notwendigkeit mehr. Ihr Zeitgefühl war genauer als jedes Uhrwerk. Und dann, so sanft, dass sie es kaum glauben wollte, hörte sie ihn, den Glockenschlag. Ein einziger, tiefer Ton, wie aus einem alten Traum. Er kam nicht vom Wind, nicht aus dem Dorf. Nicht vom Tal, sondern von weiter oben aus der Tiefe des Hügels. Aus dem Boden, von dort wo die alte Ruine steht. Ihr Atem stockte. Sie drückte sich tiefer in das Kissen. Ihr Blick ging zum Fenster, wo nur Nebel zu sehen war. Dann kam der zweite Schlag, langgezogen und tief. Ihr Bett vibrierte und auch das Haus schien zu vibrieren. Der Klang war wie durch Wasser gedämpft. Die alte Elsie schloss die Augen. Ihre Lippen bewegten sich lautlos. Ein Gebet, oder nur ein Name? Dann der dritte Glockenschlag, länger als die ersten beiden… Die Glocke hatte sie erneut gerufen.

*

Eine Woche später, Nordengland an der Grenze zu Schottland. Die Sonne stand bereits tief, soweit man sie überhaupt durch den Nebel erkennen konnte, als Gideon Blake die Autotür seines olivgrünen Defenders schloss und tief einatmete. Die Luft hier roch nach Torf, nach altem Holz, nach feuchtem Gestein und einem Hauch von etwas anderem, schwer Greifbarem. Ein leichter Geschmack von Metall vielleicht? Oder auch einfach nur der Modergeruch von den nahegelegenen Torffeldern, den sogenannten „Peat fields". Oder vielleicht war es einfach nur die Zeit, die hier anders roch als an der Küste in Staithes.

Die Strasse zum Gasthaus „The Shepherd's Hollow" war schmal und gesäumt von kniehohem Gras. Alte Trockenmauern zogen sich wie vergessene Linien durch die Hügellandschaft. Kaum Menschen und kaum Verkehr sah er auf dem Weg hierhin. Nur dieser verdammte Nebel, der sich am späteren Nachmittag langsam durch das Tal schob wie ein lebendiger Strom. Das Gasthaus selbst war aus dunklem Stein gebaut, mit tiefen Fenstern und einem Dach, das sich unter seinem eigenen Gewicht zu biegen schien. Über der Tür hing ein verwittertes Schild mit einem gemalten Widderkopf und kaum lesbarer Schrift. Gideon ging von seinem Auto zum Eingang des Gasthauses und betrat den

Schankraum. Zwei Gäste sassen am Kamin und unterhielte sich angeregt. Ein paar weitere Gäste verteilten sich im Schankraum an den kleinen gemütlichen Tischen. Der Wirt, ein stämmiger Mann in den Sechzigern, Douglas Harrow, polierte schweigend ein Glas. Als Gideon sich näherte, hob er nur kurz den Blick.

„Zimmer?", fragte er knapp.

„Blake. Ich hatte telefonisch reserviert."

Der Wirt nickte, nahm einen Schlüssel vom Haken, legte ihn auf den Tresen. „Oben, letzte Tür rechts. Wasser gibt's warm, wenn Sie nicht zu viel auf einmal nehmen."

„Vielen Dank."

Harrow zögerte, bevor er sagte: „Sie wollen Tallow's End besuchen, haben Sie am Telefon erwähnt... gehen Sie besser bei Tageslicht, wenn sie wirklich dorthin wollen."

Gideon nickte langsam: „Ich werde vorsichtig sein, aber gehe ohnehin erst morgen." Er nahm den Schlüssel und ging die Treppe hinauf. Das Zimmer war schlicht, aber sauber mit holzverkleideten Wänden, ein kleiner Schreibtisch und ein Fenster mit Blick auf die Hügel und die Felder. Er setzte sich, öffnete sein Notizbuch und schrieb.

Fallnotiz Eintrag 1 – Tallow's End (Fortsetzung)
Ort: Shepherd's Hollow, Northumberland

Anonymer Hinweis, überbracht per Post Zeitungsausschnitt: Verschwinden eines Mannes. Referenz zu einer alten Legende: Glockenschläge im Nebel

Volksglaube: Dreimal erklingt die Glocke – dann verschwindet jemand

Ziel: Erkundung des Dorfes, Befragung von Anwohnern, Sichtung alter Aufzeichnungen

Erste Eindrücke: Nebel ungewöhnlich dicht, auffällige Stille in der Umgebung, lokale Zurückhaltung erwartet.

Gideon blickte lange aus dem Fenster. Die Dunkelheit breitete sich gemächlich über die Hügel wie ein Tuch. Irgendwo hinter dem Nebel lag das Dorf, das er morgen besuchen wollte. Ein Ort, der etwas verbergen wollte, und genau deshalb war er gekommen.

Gideon wachte am anderen Tag früh auf. Die Nacht war ruhig gewesen, zu ruhig für seinen Geschmack. Kaum Laute, kaum Tiere, nicht einmal der Wind hatte sich geregt. Die Art von Stille, die mehr Fragen aufwarf als Antworten gab. Er duschte kurz kalt, zog sich an und trat wenig später in die Schankstube des Gasthauses. Es roch nach starkem Kaffee, geröstetem Brot und einem Hauch von Holzrauch. Das Feuer im Kamin war frisch entfacht worden, obwohl es draussen nicht besonders kalt war. Vielleicht ein tägliches Ritual des Wirts?

Douglas Harrow stand hinter dem Tresen, ein Teelöffel in der einen Hand, die andere auf einem alten, fleckigen Geschirrtuch, mit welchem er den Tresen wischte. Er nickte nur, als Gideon eintrat.

„Frühstück?"

„Gern."

„Setzen Sie sich."

Wenig später stellte Harrow ein Tablett vor ihn ab, zwei Scheiben Toast, gesalzene Butter, Orangenmarmelade und ein hart gekochtes Ei. Dazu schwarzer Tee in einer dicken, grau glasierten Tasse.

„Sie reisen allein?", fragte Harrow beiläufig, während er sich selbst auch eine Tasse einschenkte.

„Meistens", sagte Gideon. „Mein Name ist Gideon Blake. Ich arbeite… nun ja, in der Erforschung aussergewöhnlicher Wahrnehmungsphänomene."

Harrow hob skeptisch eine Augenbraue: „Oje, also Spuk."

„Wenn man es einfach ausdrücken will."

Der Wirt musterte ihn einen Moment lang, dann setzte er sich gegenüber an den Tisch, etwas, das er vermutlich selten tat: „Was bringt Sie in diese Gegend?" fragte er ruhig.

Gideon zog den zusammengefalteten Zeitungsausschnitt aus der Jackentasche und legte ihn vor sich auf den Tisch: „Das hier."

Harrow betrachtete den Artikel. Eine Zeile war unterstrichen: „Dritter Fall in fünf Jahren, erneut keine Spur."

„Tallow's End", sagte Harrow schliesslich. „Sie wissen, was man sagt, nicht wahr?"

„Drei Glockenschläge, dann verschwindet jemand." Antwortete Gideon und wartete die Reaktion des Wirts ab.

Dieser schwieg einen Moment, dann nahm er einen Schluck Tee, von welchem ein leichter Geruch eines alten, torfigen Whiskys Gideons Nase streifte.

„Ich war nie ein Freund von Dorfgeschichten, aber ich bin alt genug, um zu wissen, dass man besser zuhört, bevor man lacht."

„Sie glauben also, es ist etwas dran?"

„Ich glaube…", begann Harrow langsam, „dass dieses Dorf sich an etwas erinnert und dass die Menschen dort gelernt haben, es lieber zu vergessen."

Gideon nickte, nahm einen Bissen Toast, das er mit Butter und Orangenmarmelade bestrichen hatte: „Und trotzdem reden Sie mit mir."

„Weil Sie höflich gefragt haben. Und weil es vielleicht Zeit ist, dass mal jemand hinschaut, der nicht gleich wieder wegläuft." Er stand auf und nahm seine Tasse: „Wenn Sie nach Tallow's End gehen, nehmen Sie den Weg durchs Tal. Nicht über den Hügel, da verlieren sich die Leute. Auch bei gutem Wetter."

„Ich dachte, der Glockenturm steht oben auf dem Hügel?"

„Die Ruine ja." Er sah Gideon einen Moment an: „Aber der Klang… kommt längst von woanders."

Harrow nahm seine Tasse, sagte nichts weiter und verschwand wieder hinter dem Tresen. Ein weiterer Gast war eingetreten, ein alter Mann mit wetterfester Jacke und verschlissener Mütze, der sich ohne ein Wort an einen schmalen Tisch in der Ecke setzte. Harrow brachte ihm einen Tee mit Schuss, tauschte ein paar flüsternde Worte mit ihm, die Gideon nicht verstand, dann kehrte er nochmals zu Gideon zurück. Er setzte sich diesmal nicht hin, sondern lehnte sich seitlich gegen den Balken nahe seinem Tisch, die Arme verschränkt, die Stimme gesenkt: „Ich will Ihnen nichts ausreden, Mr. Blake. Aber wenn Sie sich entschliessen, da rauszugehen…" Er liess den Satz hängen.

„…dann sollte ich wissen, worauf ich mich einlasse", vollendete Gideon den Satz.

Harrow nickte langsam: „Tallow's End ist klein. Ein Duzend Häuser, ein verfallener Gemeindesaal, ein ehemaliger Dorfladen, der nur noch Staub verkauft. Nur Menschen, die nicht reden wollen und Nebel." Er grinste Gideon breit an.

„Und eine Glocke", erwiderte Gideon ruhig.

Harrow blinzelte, sah ihn einen Moment schweigend an: „Die Glocke", wiederholte er, „Die meisten sagen, sie war nie mehr zu hören, seit der Turm eingestürzt ist. Aber fragen Sie mal Elsie Cartwright. Die ist alt genug, um den Ton noch im Blut zu tragen."

„Wer ist sie?"

„Die Letzte, die noch Geschichten erzählt, wenn sie jemanden reden lässt."

„Und Sie?", fragte Gideon. „Haben Sie sie je gehört?"

Harrow sah hinaus durchs Fenster. Der Nebel hatte sich noch dichter gelegt. In der Ferne war nichts mehr zu erkennen, nur ein blasses Grau, das sich über die Hügel zog wie ein Leichentuch.

„Einmal. Vor etwa zwanzig Jahren. Frühmorgens, als ich ein Kälbchen aus dem Graben holen wollte. Ich dachte, es wäre Donner, oder auch nur Einbildung."

„Und heute?"

Der Wirt zögerte: „Heute... bin ich mir nicht mehr sicher." Er richtete sich auf, sah Gideon mit einem Blick an, der so viel enthielt wie der Nebel draussen. Tiefes Schweigen und eine Ahnung von Gefahr: „Wenn Sie zu Elsie wollen, halten Sie sich an die alte Strasse. Fahren Sie nicht über den Hügel. Und wenn der Nebel dichter wird, bleiben Sie lieber ein paar Minuten stehen, bis er sich lichtet."

„Weil man sonst die Orientierung verliert?"

„Nein, weil man... vielleicht nicht der Einzige ist, der mit dem Auto unterwegs ist und einen Unfall riskiert."

Gideon ass sein Frühstück zu Ende und nahm dann sein Notizbuch hervor und schrieb:

Fallnotiz Eintrag 2 – Erster Kontakt
Ort: Gasthaus The Shepherd's Hollow
Zeit: 08:30 Uhr

Beobachtungen:
Ankunft im Grenzgebiet zu Schottland, Nähe des Dorfes Tallow's End. Atmosphäre auffallend akustische und optische Stille, dichte Nebelschwaden bereits am frühen Abend. Erste Hinweise durch den Wirt Douglas Harrow. Erwähnung der Glocke, die angeblich seit Jahrzehnten nicht mehr geläutet hat. Verweise auf verschwundene Personen. Andeutung einer älteren Dorfbewohnerin, Elsie Cartwright, mögliche Zeitzeugin. Warnung vor dem Hügelpfad, Empfehlung: nur Talstrasse ins Dorf nutzen.

Persönliche Einschätzung:
Die Zurückhaltung des Wirts wirkt nicht abweisend, sondern schützend, als wisse er mehr, als er sagt, und fürchte weniger um sich selbst als um Fremde, die zu viel fragen. Das Dorf scheint nicht nur geografisch isoliert, sondern auch psychologisch verschlossen. Die Legende um die Glocke ist nicht nur ein Mythos, sondern tief verankert in der lokalen Wahrnehmung.

Geplanter nächster Schritt:
Besuch von Tallow's End bei Tageslicht. Aufsuchen von Elsie Cartwright. Erste topografische Einschätzung der Umgebung, möglicher Standort des früheren Glockenturms prüfen. Überprüfung des Zeitungsausschnitts mit Ortsangaben und Datierung der letzten Verschwundenen.

Die Nebelschwaden lagen noch immer wie träge Schleier über dem Tal, als Gideon gegen halb Zehn Uhr seine kleine Ausrüstungstasche in den Range Rover stellte, die Tür des Gasthauses hinter sich schloss und sich auf den Weg machte. Der Wirt hatte ihm nach dem Frühstück eine grobe Karte auf einen Bierdeckel gezeichnet, keine gut ausgebaute Strasse, keine Massstäbe, nur ungefähre Richtungen.

„An der alten Weide links abbiegen, dann runter, dem Feldweg am Bach entlang. Folgen Sie den Steinen." Hatte Harrow ihm mit auf den Weg gegeben. Es klang mehr wie ein Rätsel als eine Wegbeschreibung.

Gideon startete seinen Geländewagen und fuhr zügig los. Er war in seinem Element, fremder Boden, gedämpfte Geräusche und eine Ahnung, dass irgendetwas ihn vielleicht bereits beobachtete. Seine Ankunft registriert hatte, ohne gesehen werden zu wollen.

Die Strasse, welche von Schlaglöchern übersät war, führte an knorrigen Weiden vorbei, deren Äste wie Finger in den Nebel griffen, der sich langsam zu lichten schien. Dann über eine langgezogene Senke, wo das Gras am Strassenrand feucht war und der grobe Asphalt unter seinen Reifen leise schmatzte. Vorbei an Waldstücken und torfigen Wiesen. Ein Bach plätscherte irgendwo in der Ferne, unsichtbar, aber nahe. Gideon fuhr mit offenem Wagenfenster, um möglichst viel von der Atmosphäre mitzubekommen und ungewöhnliche Geräusche sofort zu registrieren.

Der Nebel nahm wieder leicht zu. Nicht abrupt, sondern langsam, wie eine Wand, die sich nicht näherte, sondern sich auszudehnen schien. Gideon fuhr an den Rand der Strasse und hielt kurz an. Er schaltete den Motor aus und lauschte. Er erinnerte sich an Harrows Worte: „Wenn der Nebel dichter wird, bleiben Sie lieber ein paar Minuten stehen, bis er sich lichtet."

Er wartete. Fünf Minuten, dann zehn. Kein Laut, kein Tier zu hören und kein Wind. Der Nebel verschluckte sämtliche Geräusche. Und dann, ganz leise das Klacken eines Astes. Nicht in unmittelbarer Nähe und nicht bedrohlich, aber ein Zeichen dafür, dass er vermutlich nicht allein unterwegs war. Gideon atmete ruhig. Er zog sein Notizbuch aus der Tasche und schrieb:

Fallnotiz Eintrag 3 – Weg nach Tallow's End
Ort: östlicher Zugang zum Tal.
Zeit: 10:05 Uhr

Nebelverhalten ungewöhnlich, dichter werdend trotz steigender Sonne. Optische Stille, akustisch „gedämpft". Geräusch von Holzknacken, keine Quelle sichtbar und keine Sichtverbindung zur Umgebung. Körperliche Empfindung: Druck auf den Ohren, vergleichbar mit Höhenwechsel.

Der Nebel begann sich schliesslich doch noch zu lichten, nur schleppend, wie ein Vorhang, der sich vor der Vorstellung langsam hob. Gideon startete den Motor und fuhr vorsichtig weiter. Etwa 10 Minuten später zeichneten sich erste Umrisse ab, zuerst vage, dann klarer. Und da lag es vor ihm:

Das kleine Dorf Tallow's End

Ein Ort, der sich dem Licht zu widersetzen schien. Etwa ein Duzend Häuser, gedrungen und steinverkleidet, mit kleinen, tief eingelassenen Fenstern, als hätten ihre Erbauer nicht vorgehabt, je hinauszusehen. Die Dächer waren aus dunklem Schiefer, moosbedeckt und leicht gekrümmt, wie gebeugte Schultern. Einige Häuser hatten Veranden mit verwitterten Holzgeländern, die mehr Schatten als Schutz boten. Kaum Rauch stieg aus den Kaminen. Keine Wäsche hing auf den Leinen, keine Stimmen und kein Lachen. Tallow`s End schien fast tot und doch lebten Menschen hier.

Der Platz, auf dem die Strasse mündete, war kaum als solcher zu erkennen, mehr eine Erweiterung der Strasse, uneben, mit grauem Schotter bedeckt. In der Mitte stand ein kleiner Brunnen aus Granit, ohne Eimer und offenbar ohne Wasser, überwuchert von trockenem Efeu. Eine verrostete Pumpe ragte aus dem Boden wie ein Knochengebilde.

Ein Strassenschild, schief und vom Wind gedreht trug keine Schrift mehr. Nur ein abgeplatztes Holzbrett, auf dem einst die Buchstaben verblasst waren. Gideon stieg aus seinem Fahrzeug und blieb einen Moment stehen, lies die Umgebung auf sich wirken. Ein Fenster schlug zu. Irgendwo ein Kratzen, vielleicht ein Besen auf Stein, oder etwas anderes.

Langsam setzte er sich in Bewegung und schaute sich die Umgebung genau an. Vor einem der Häuser blieb er

stehen. Auf der Fensterbank lag ein ausgeblichener Stoff-
bär, dem eine Ohr fehlte, die Knopfaugen stumpf. Niemand im Haus bewegte sich erkennbar. Rechts vom Weg
sah er ein grösseres Gebäude, vielleicht eine Schule oder
der von Harrow erwähnte Gemeindesaal. Auf jeden Fall
das, was davon übrig war. Nur eine Giebelwand stand
noch, der Rest war mehrheitlich eingestürzt. Das Dach war
längst fort. Und dann, als hätte sie die ganze Zeit dort gesessen, sah er sie. Eine alte Frau auf einer niedrigen Holzbank unter einem knorrigen Baum. Schmale Schultern, das
Gesicht tief gefurcht, das Haar weiss wie der Nebel, den sie
zu durchblicken schien. Ihre Hände lagen auf dem Schoss,
daneben ein Krückstock. Ihr Blick direkt auf ihn gerichtet.

Gideon blieb etwas verunsichert stehen. War die Frau
schon bei seiner Ankunft dort gesessen oder war sie plötzlich „erschienen"? Er wusste es nicht. Vielleicht hatte er
sich aber auch nicht darauf geachtet. Die Frau rührte sich
nicht. Er vermutete instinktiv und sofort, das war Elsie
Cartwright und sie hatte offenbar auf ihn gewartet. Er trat
näher an die Bank heran, blieb aber mit respektvollem Abstand stehen. Die Frau sah ihn an, ohne eine Regung im
Gesicht. Ihre Augen waren hell, milchig, aber wach. Und
obwohl ihr Körper gebrechlich wirkte, hatte sie etwas
Standhaftes an sich. Wie ein Baum, der zu lange gestanden
hat, um noch zu fallen.

„Guten Morgen", sagte Gideon freundlich und leise.

Die Frau neigte nur leicht den Kopf. Keine Begrüssung im
eigentlichen Sinne, nur ein müdes und eher angedeutetes
Lächeln.

„Mein Name ist Gideon Blake. Ich... bin zum ersten Mal hier in Ihrem Dorf."

„Nein", unterbrach ihn die Frau, als er weiterreden wollte. Ihre Stimme war kratzig, aber fest: „Sie sind gekommen."

Gideon zögerte ein paar Atemzüge: „Dann haben Sie mich erwartet?"

„Ich habe jemanden erwartet. Jemanden, der nicht gleich wieder geht." Sie blinzelte und musterte Gideon von oben bis unten: „Sie tragen das Fragen im Gesicht und das Zuhören in der Stimme."

Er nickte leicht verunsichert: „Douglas Harrow hat mir den Weg beschrieben und mich auf Sie hingewiesen. Er sagte, Sie wissen Dinge... über den Ort und über die Glocke."

Ein kaum sichtbares Lächeln huschte über ihr Gesicht: „Douglas redet viel, wenn's nötig ist. Aber er fragt nicht mehr. Das hat er sich abgewöhnt."

Gideon setzte sich auf einen flachen Stein am Rand des Weges gegenüber der alten Frau, die Hände legte er ruhig auf seine Knie: „Und Sie? Haben Sie sich das Fragen auch abgewöhnt?"

Elsie schnaubte leise: „Man stellt keine Fragen an etwas, das keine Antworten gibt. Nicht, wenn man jung ist. Später... lernt man, zwischen den Zeilen zu hören."

Gideon nickte langsam: „Sie haben die Glocke gehört, nicht wahr?"

Sie sah ihn durchdringend und lange an. „Dreimal in meinem Leben. Immer im Nebel. Immer, wenn jemand ging."

„Und sie kam nicht vom Turm?"

Elsie schüttelte langsam den Kopf. „Der Turm fiel, die Glocke blieb. Der Klang kommt aus der Erde, von tief unten."

„Woher genau?"

„Wenn Sie das wissen wollen, Mr. Blake… dann müssen Sie bleiben und Sie müssen gehen. Beides zusammen."

Gideon legte den Kopf leicht schief. „Sie sprechen in Rätseln Mrs. Cartwright."

„Und Sie hören trotzdem zu, das ist gut." Sie sah sich um. Die Strasse und der Platz waren leer. Die Fenster verschlossen. Der Nebel hatte sich fast vollends zurückgezogen, aber streckte seine Finger nach wie vor gierig nach den Häusern: „Sie übernachten im Hollow?" fragte Elsie weiter.

„Ja."

„Dann kommen Sie morgen wieder. Erst am Nachmittag. Ich brauche Ruhe und Sie brauchen… Vorbereitung."

„Worauf?"

Sie erhob sich mühsam, griff nach dem Stock neben sich und sah Gideon dann eindringlich an: „Auf die zweite Stille."

„Was ist die erste?"

Sie wandte sich leicht zu ihm um: „Die, die kommt, wenn alles verschwunden ist. Die zweite... wenn etwas zurückkehrt."

Gerade als Elsie sich beschwerlich davonmachen wollte, fragte Gideon noch einmal ruhig: „Eine Frage hätte ich noch... wenn Sie erlauben."

Sie blieb stehen, stützte sich beschwerlich mit beiden Händen auf den Stock und sah ihn über die Schulter hinweg an: „Sie dürfen fragen Mr. Blake. Ob ich antworte, ist eine andere Sache."

Gideon liess sich davon nicht beirren: „Ich habe im Dorf niemanden gesehen. Keine Stimmen, kein Lachen, keine Kinder und kein Tier. Nur... Sie."

Elsie drehte sich ein Stück weiter zu ihm, die Augen nun etwas schärfer: „Sie sind da, in den Häusern. Sie haben nicht gern Fremde. Mache sind auf den Torffeldern am Arbeiten. Manche schlafen länger, manche arbeiten früher. Und manche... reden nicht, wenn der Nebel da war."

„Ist das heute so ein Tag?"

Elsie sah einen Moment lang in den Himmel, wo die Sonne sich durch den weissen Schleier kämpfte: „Wenn Sie lange genug bleiben, werden Sie lernen, die Tage zu spüren, an denen niemand reden will."

Dann wandte sie sich endgültig ab und ging langsam über den Platz: „Morgen, am Nachmittag. Kommen Sie nicht früher."

Gideon blieb noch einen Moment irritiert auf dem Stein sitzen. Das Dorf wirkte, als hätte es sich zurückgezogen, in sich selbst, in seine Schatten. Er wusste jetzt etwas mehr, aber er hatte auch viel mehr Fragen als vor seiner Ankunft. Elsie Cartwright hatte in Rätseln gesprochen.

Er verliess kurze Zeit später das Dorf auf demselben Weg, wie er gekommen war, durch das niedrige Tal, vorbei an den grauen Mauern, den hängenden Zweigen der Weiden und dem Bach, der noch immer murmelte wie ein Kind im Schlaf.

Der Nebel hatte sich fast ganz verzogen, aber die Luft war eigenartig schwer. Nur das Geräusch seiner abrollenden Reifen auf dem feuchten Boden war zu hören. Am Parkplatz nahe dem Gasthaus angekommen, hielt er seinen Geländewagen an, stieg aus und lehnte sich einen Moment gegen die Fahrertür. Er atmete tief durch, dann setzte er sich wieder ins Auto hinein. Er liess die Tür offen, zog sein Notizbuch hervor und schlug eine frische Seite auf:

Fallnotiz Eintrag 4 – Erstkontakt mit Zeitzeugin
Ort: Tallow's End
Zeit: 12:10 Uhr

Beobachtungen:
Ort nahezu menschenleer, keine sichtbare Aktivität.
Gebäude teilweise stark verfallen, ungepflegt.
Stimmung gedrückt, auffallend still trotz Tageslicht.

Erste Begegnung mit Elsie Cartwright, ca. 80–85 Jahre alt. Sehr klare Beobachtungsgabe, sprach von „drei Glockenschlägen in ihrem Leben". Bestätigte indirekt eine Verbindung zwischen Glocke und Verschwinden.

Zitat: „Die Glocke blieb, der Turm fiel.".

Verhaltensmuster:
Ruhig, kontrolliert, offenbar mit der Situation und dem Ort im Reinen. Sprach in Andeutungen, vermied direkte Aussagen. Verwies auf Unterschiede zwischen erster und zweiter Stille. Beauftragte mich, am nächsten Nachmittag erneut zu erscheinen. Reaktion auf meine Herkunft / Arbeit nicht überrascht, möglicher Hinweis, dass sie mehr weiss als sie gesagt hat.

Bemerkung:
Erwähnte, dass andere Bewohner „da" seien, in den Häusern oder auf den Feldern. Gab zu verstehen, dass der Nebel Einfluss auf das Verhalten der Dorfbewohner hat.

Einschätzung:
Der Ort scheint nicht nur geografisch abgeschieden, sondern emotional versiegelt. Die Glocke, ob real oder symbolisch, ist mehr als ein akustisches Phänomen. Sie ist Teil einer Struktur, die Erinnerung, Verlust und Schweigen miteinander verbindet.

Nächste Schritte:
Rückkehr am Nachmittag des folgenden Tages. Sichtung der Kirchenruine und des Glockenturms. Eventueller Versuch, mit weiteren Bewohnern in Kontakt zu treten oder im Gasthof weitere Informationen zu bekommen.

Er klappte das Notizbuch zu und sah durch die Front-
scheibe hinaus. Der Nebel war weg, zumindest fürs Erste.
Aber Tallow's End hatte ihn nicht gehen lassen.

Das Gasthaus Shepherd's Hollow war am Mittag kaum be-
lebter als am frühen Morgen. Der Kamin brannte auf kleiner Flamme, das Licht war fahl, als hätte selbst die Sonne
beschlossen, einen Bogen um diesen Ort zu machen.
Gideon betrat die Schankstube und liess den Blick kurz
schweifen. Douglas Harrow nickte ihm zu und wies stumm
auf einen Tisch am Fenster, wo bereits ein Mann sass,
etwa in Gideons Alter. Er trug ein grobes Hemd und hatte
wettergegerbte Haut. Ein leichter Bart zierte sein Kinn,
aber er hatte freundliche Augen. Vor ihm dampfte eine
Schüssel Suppe. Auf dem Tisch lag eine zerlesene Zeitung.

Harrow brachte Gideon eine Kanne Tee, dazu ein Teller mit
dicken Scheiben Brot und Linseneintopf. Kaum hatte
Gideon Platz genommen, da hob der Mann den Blick.

„Sie waren im Dorf", sagte er ruhig.

Gideon wandte sich ihm zu. Es war keine Frage, eher eine
Feststellung: „Tallow's End", antwortete Gideon ebenso
ruhig.

Der Mann nickte langsam: „Mutig."

Gideon liess den Löffel sinken: „Warum meinen Sie?"

Der andere zuckte leicht mit den Schultern: „Meine Grossmutter, sie stammte von dort. Ging weg, als sie sechzehn

war. Sie hat nie viel erzählt. Nur... dass man bei Nebel nicht hingehen soll, und dass die Glocke böse ist."

„Die Glocke ist böse?", wiederholte Gideon fragend: „Was hat sie damit gemeint?"

Der Mann nahm einen Schluck aus seiner Tasse und sah dann vorsichtig auf: „Sie hat gesagt, es sei keine Glocke wie in einer Kirche. Nicht zum Rufen und nicht zum Segnen. Sondern... etwas anderes."

Gideon lehnte sich leicht vor: „Was dann?"

Der Mann sah ihn lange an, die Stimme nun gedämpft: „Meine Grossmutter hat gesagt, die Glocke läutet nicht, um gehört zu werden. Sie läutet, um sich jemanden zu holen. Und sie vergisst nicht."

Ein kurzer Moment schwiegen die beiden Männer und assen weiter. Der Wind klopfte sachte gegen das Fenster.

„Sie hat erzählt, dass die Alten in Tallow's End glaubten, die Glocke sei nicht aus Metall, sondern aus Stein. Oder aus etwas, das mal Stein war. Und dass sie nicht von Menschen gemacht wurde."

„Ein Kult?", fragte Gideon vorsichtig.

Der Mann schüttelte den Kopf: „Nein, eher... ein Fehler. Etwas, das da war, bevor das Dorf da war und dass dann... blieb."

Gideon schwieg und hörte gespannt zu.

„Die Leute dort sagen, es sei der Klang, der ruft. Aber meine Grossmutter hat gesagt, es ist nicht der Klang. Es ist die Stille danach. Wenn alles steht und wenn man nichts mehr hört, nicht mal sich selbst."

Er sah Gideon direkt an: „Dann weisst du, dass sie dich gesehen hat."

Gideon Blake spürte eine feine Gänsehaut auf einem Rücken aufsteigen. Nicht wegen der Worte, sondern wegen der Art, wie sie gesagt wurden. Wie Erinnerungen, die nicht alt, aber lange vergraben waren.

„Wie heissen Sie?", fragte er.

„Cullen. Marcus Cullen."

„Gideon Blake. Und Sie glauben an das, was Ihre Grossmutter erzählt hat?"

Cullen sah ihn einen Moment schweigend an. Dann nickte er: „Nicht alles, aber genug, um das Dorf zu meiden." Er stand auf, nahm seine Jacke vom Stuhl und warf ein paar Scheine auf den Tisch: „Wenn Sie das erste Läuten hören, gehen Sie nicht hin. Wenn Sie das zweite hören, laufen Sie…und wenn Sie das dritte hören…" Er hielt kurz inne. „…dann ist es zu spät." Er verabschiedete sich von Gideon und nickte dem Wirt kurz zu. Dann verliess er die Schankstube. Der Kamin knackte leise. Gideon sass eine Weile still da, die Finger um die Teetasse.

Fallnotiz Eintrag 5 –Geschichte der Grossmutter
Ort: Shepherd's Hollow
Zeit: Mittag

Gespräch mit Marcus Cullen, ca. Mitte 40, unauffällig, aber aufmerksam. Kenntnis über Tallow's End durch seine Grossmutter, ehemals Einwohnerin des Dorfes. Warnt ausdrücklich vor „der Glocke", bezeichnet sie als „böse". Vermeidet bewusst den Kontakt mit dem Dorf, offenbar aus familiärer Überlieferung.

Wesentliche Aussagen:
Glocke sei „nicht wie andere", kein Instrument zum Rufen, oder Segnen. Zitat Großmutter: „Die Glocke läutet um jemanden zu holen."Angebliche Herkunft der Glocke nicht menschlich, evtl. älter als das Dorf selbst.

Theorie:
Glocke als „Fehler" oder Überbleibsel aus früherer Zeit. Hinweis auf mystische Eigenschaften: Glocke nicht aus Metall. Klang sei weniger das Problem, die Stille danach sei gefährlich. Warnung vor den drei Glockenschlägen:

Erster Klang – Warnung
Zweiter – Flucht
Dritter – „Zu spät."

Persönliche Einschätzung:
Marcus Cullen wirkte nicht irrational, sondern glaubhaft. Kein klassischer Esoteriker, sondern jemand, der glaubt, was man ihm erzählt hat und sich lange genug

damit beschäftigt hat, um vorsichtig zu werden. Seine Aussagen verstärken das Bild der Glocke als übergeordnetes Symbol, möglicherweise kein realer Gegenstand mehr, sondern ein Katalysator für Schuld oder Trauma. Seine Ausführungen lassen aber auch eine tiefere Mythologie vermuten, die über das bisher Gesagte hinausgeht.

Nächste Schritte:
Ursprung der Glocke (oder des Mythos) in historischen oder keltischen Kontexten überprüfen. Befragung Elsie Cartwright am kommenden Tag hinsichtlich „Steinglocke" / vorchristlicher Kultplätze. Begehung des Turmstandorts und möglicher alternativer Klangquellen. Beobachtung des Dorfes auf Rituale, Zeichen, Verhaltensmuster.

Der Nachmittag war grau, aber trocken. Der Nebel hatte sich zurückgezogen, blieb jedoch in Sichtweite, wie ein Tier, das nicht vergessen hatte, wo es zuletzt gewesen war. Gideon stand an der hölzernen Theke des Gasthauses. Douglas Harrow trocknete Gläser, warf ihm ab und zu einen Blick zu. Schliesslich sagte er, ohne aufzusehen: „Sie haben mit Cullen gesprochen."

Gideon nickte: „Er hat interessante Dinge erzählt."

„Er redet viel, aber nicht grundlos."

„Er glaubt, die Glocke sei nicht aus Metall gebaut worden und sie sei böse."

Harrow stellte das Glas ab: „Wenn er das gesagt hat, glaubt er's auch. Seine Grossmutter... war eine von denen, die sich an solche Dinge erinnert haben."

„Was meinen Sie damit?"

Harrow lehnte sich gegen das Regal, sah Gideon mit offenem Blick an: „Tallow's End war nie nur ein Dorf. Es war... ein Ort mit Gedächtnis. Manche sagen, es liegt am Boden, am Stein. An der Form der Hügel. Ich weiss es nicht."

Gideon schwieg einen Moment, danach erwiderte er: „Ich fahre heute Nachmittag hinauf zum Turm. Oder dem, was davon übrig ist."

Harrow nickte langsam: „Der Weg ist schlecht, aber Ihr Wagen sollte es schaffen, bis zur alten Schafkoppel, danach zu Fuss."

„Haben Sie je dort oben gestanden?"

„Einmal. Vor vielen Jahren. Ich habe den Wind gehört und... etwas, das nicht der Wind war." Er sah Gideon einen Moment lang eindringlich an. Dann wandte er sich wieder seiner Arbeit zu: „Wenn Sie zurückkommen, ist ein Teller Suppe für Sie da. Wenn nicht..." Er zuckte mit den Schultern. „Dann war sie trotzdem warm und bereit."

Gideon nickte und grinste: „Ich komme auf jeden Fall zurück."

Der Geländewagen rollte langsam über den schmalen Feldweg, der sich serpentinenartig zwischen niedrigen Mauern und dornigem Gebüsch nach oben schlängelte. Gideon sah keine Schilder und keine Markierungen. Er musste sich auf die Wegbeschreibung des Wirts verlassen.

Nach etwa drei Kilometern endete der Weg abrupt an einem verwitterten Schafgatter. Gideon stieg aus, schulterte die kleine Tasche mit seiner Ausrüstung und ging zu Fuss weiter. Der Boden war uneben, mit altem Heidekraut überwuchert. Die Stille wurde wieder dichter, eigenartig gedämpft. Keine Vögel, nur wenige Insekten, was für ein Gebiet mit Torffeldern eher aussergewöhnlich war. Nur der Klang seiner Schritte und das leise Rascheln seiner Jacke. Dann, nach einer halben Stunde Marsch, sah er die Ruinen.

Der Turm war ein verfallener Überrest, grau, schief und von Pflanzen überzogen. War vielleicht Mal etwa 12 Meter hoch, nun waren es auf einer Seite gerade noch etwa vier Meter, mit einem schmalen Fenster, das wie ein Auge wirkte. Daneben die Überreste einer kleinen Kirche. Nur Mauern, halb eingestürzt, das Dach längst vergangen. Gideon blieb stehen. Er liess den Blick langsam über das Gelände schweifen. Der alte Glockenturm war nicht mehr als ein Torso, ein grauer, von der Zeit gebrochener Stumpf. Seine Steine waren porös, mit rissigen Adern durchzogen. Flechten bedeckten ihn wie Narben. Das Fenster, ein einziger schmaler Schlitz auf Brusthöhe glich mehr einem Spalt als einer Öffnung.

Er umrundete den Turm, Schritt für Schritt, die Hände tief in der Jackentasche und seine Sinne wach. Kein Glockenstuhl und kein Seil. Vermutlich alles schon lange verwittert und vergangen. Er fand kein Fundament, das auf eine Glocke hätte hindeuten können. Nur zerborstene Balkenreste, halb vom Moos verschluckt, als hätte der Ort selbst versucht, seine Wurzeln zu tilgen. Aber dann, unterhalb des Nordbogens entdeckte er etwas in einem Stein. Eine Einritzung, kaum sichtbar und halb verrottet. Er kniete sich nieder. Es war ein Zeichen, kreisförmig, mit radialen Linien, wie eine primitive Sonne oder ein stilisiertes Auge. Nicht christlich und nicht keltisch. Kein Symbol, das ihm bekannt vorkam.

Er mass grob die Proportionen, dann zeichnete es ab. Er richtete sich wieder auf und wandte sich der angrenzenden Kirchenruine zu. Die Mauern standen teilweise noch, bis zu einer Höhe von etwa zwei Metern. Das Dach fehlte völlig. Der Boden war von Gras überwachsen, durchbrochen von rissigen Steinplatten, die früher vielleicht einmal den Mittelgang gebildet hatten. Gideon betrat das Gemäuer vorsichtig. Der Wind war hier seltsam. Nicht stark, aber ungleichmässig, als würde er aus verschiedenen Richtungen gleichzeitig kommen.

Er blieb stehen und lauschte. Etwas raschelte hinter ihm. Er drehte sich um, nichts. Vielleicht eine Maus oder ein anders Tier. Dann entdeckte sein geübtes Auge eine zweite Einritzung. Diesmal an einem Sockelstein, wo früher vielleicht ein Altar gestanden hatte. Wieder ein Symbol. Nicht das gleiche wie zuvor. Ein Dreieck, umgeben von Kreisen, die innen unterbrochen waren. Wie eine Grenze, oder ein Bannkreis.

Er zog das Notizbuch hervor, zeichnete und verglich die beiden Symbole. Kein Zweifel, das war kein Zufall. Der Boden fühlte sich hier kälter an. Nicht nur durch das Gestein. Sondern durch... etwas anderes. Etwas, das *beobachtete*.

Gideon durchquerte die Ruine langsam, tastete mit Blicken jede Fläche ab. Als er den hinteren Mauerbogen erreichte, blieb er erneut stehen.

Ein tiefer, kaum sichtbarer Spalt, eine kleine Öffnung in der Mauer, oder ein Zeichen, das zu etwas führte. Er griff in die Tasche, zog seine kleine Taschenlampe hervor und leuchtete hinein. Nur Dunkelheit, aber... da war ein Gegenstand. Er fischte ihn vorsichtig mit einem Drahtbügel heraus, welchen er ebenfalls in seiner kleinen Ausrüstungstasche mitführte. Ein Metallstück, verrostet und flach. Eine Platte vielleicht, aber nicht zu einer Glocke gehörend. Er reinigte sie mit seinem Taschentuch. Auf der Rückseite, ein eingravierter Schriftzug, lateinisch:

„Ab Aeterno", was soviel bedeutet wie „aus dem Ewigen", „aus der Ewigkeit" oder „von ausserhalb der Zeit"

Er hielt inne. Ein leises Frösteln lief ihm über den Rücken. Er kannte den Ausdruck aus alten Texten. Nicht aus der Theologie, sondern aus einem Feld, das nur wenige betraten. Kultische Ursprünge. Verbindungen zu vorzeitlichen Ritualorten. Nicht christlich, *antichristlich*.
Gideon verstaute das Stück vorsichtig in das Taschentuch eingewickelt in seiner Jackentasche. Noch war es zu früh für Schlussfolgerungen. Aber etwas sagte ihm, der Klang der Glocke war nur ein Vorhang und dahinter wartete etwas, das den Klang nicht brauchte, um gehört zu werden.

Gideon marschierte danach zurück zu seinem Range Rover und fuhr zurück zum Gasthaus. Er ging direkt in sein Zimmer und schloss die Tür langsam hinter sich zu. Er liess seine kleine Ausrüstungstasche auf das Bett sinken und setzte sich an den kleinen Schreibtisch unter dem Fenster. Der Himmel war wolkenverhangen. Der Nebel begann wieder sich langsam nach der Landschaft zu strecken. Er schien zu liegen, wie eine Decke über den Feldern.

Gideon öffnete die Jackentasche, holte die Metallplatte hervor und legte sie auf das dunkle Holz des Schreibtischs. Dann nahm er eine kleine Lupe aus seinem Etui, schaltete die Schreibtischlampe ein und betrachtete die Gravur erneut.

Ab Aeterno

Die Buchstaben waren nicht gleichmässig geschlagen, auf jeden Fall handgemacht, wahrscheinlich alt. Die Oxidation deutete auf eine lange Lagerung hin, vielleicht mehrere Jahrzehnte, wenn nicht mehr. Aber was beunruhigte ihn mehr? Die Inschrift selbst, oder das Gefühl, das sie in ihm auslöste? Gideon lehnte sich zurück, rieb sich die Schläfen. Die Symbole, die Zeichen, die Stille im Inneren der Ruine. Und jetzt das hier. Er hatte erwartet, Hinweise auf eine Legende zu finden. Aber nicht... das.

Er griff nach seinem Notizbuch. Die Seiten waren bereits voller Skizzen und Anmerkungen. Er schlug eine neue Seite auf, atmete tief durch und schrieb:

Fallnotiz Eintrag 6 – Kirchenruine
Ort: Gästezimmer
Zeit: Früher Abend

Funde im Glockenturm- und Kirchenruine oberhalb von Tallow's End: Zwei symbolische Einritzungen.

Nordbogen des Turms: kreisförmiges, radiales Zeichen, evtl. Schutz- oder Sonnensymbol. Sockelstein im ehemaligen Kirchenraum: Dreieck im Kreis, mehrfach unterbrochen, mögliche Form eines Bannzeichens. Metallplatte (versteckt im Spalt an der Rückwand): stark oxidiert, handgeschmiedet. Inschrift auf Latein: „Ab Aeterno" = „Aus der Ewigkeit"

Interpretation:
Symbolik deutet nicht auf christliche, sondern auf ältere oder antithetische Kultpraktiken hin. Begriff „Ab Aeterno" taucht in verschiedenen esoterischen und saturnischen Texten auf, gelegentlich in Verbindung mit vorzeitlichen Ritualorten oder dualistischen Glaubensformen. Keine Spur einer Glocke oder eines mechanischen Klangkörpers. These: „Die Glocke" ist symbolisch, psychologisch oder metaphysisch zu verstehen.

Emotionale Bewertung:
Fund weckt Unbehagen, kein direkter Beweis für übernatürliche Aktivität, aber klare Hinweise auf eine tief verwurzelte Kultstruktur. Mögliches antichristliches Element deutet auf eine Vergangenheit hin, die verdrängt, aber nicht vergessen wurde.

Nächste Schritte:
Rücksprache mit Elsie Cartwright bzgl. Symbolik Recherche zu lokalen Kulten, evtl. über Universitätskontakte oder örtliche Kirche. Rückkehr zur Ruine bei Nacht zu früh. Beobachtung vorerst ausreichend.

Gideon schloss das Notizbuch, legte die Metallplatte behutsam zurück in das Taschentuch und verstaute sie wieder in der Jackentasche. Er trat ans Fenster und blickte hinaus. Die Dunkelheit senkte sich nicht wie sonst. Sie stand eher still, wartend am Himmel. Er zog das Handy aus der

Tasche, prüfte den Empfang, zwei Balken. Das würde reichen. Er setzte sich auf die Bettkante, lehnte sich leicht zurück und wählte eine vertraute Nummer. Das Freizeichen ging drei Mal.

„Hallo?" Ihre Stimme war weich und klar, ein Stück Vertrautheit am anderen Ende der Leitung.

„Lea. Ich bin's."

„Gidi, schön, dich zu hören."

„Ich dachte, ich melde mich mal. Es ist... ein langer Tag gewesen."

„Du klingst angespannt. Ist alles in Ordnung?"

Er zögerte einen Moment: „Ja. Nichts Dringendes, aber... ich bin gerade an etwas dran, das ungewöhnlich ist. Anders, als meine letzten Fälle. Es ist ruhiger hier, aber es fühlt sich an, als würde etwas warten."

„Das klingt nicht gerade beruhigend."

Ein leises Lächeln huschte über sein Gesicht: „Ich wollte dich nicht beunruhigen. Ich wollte nur... nicht so tun, als wäre alles wie immer."

„Also... ist es nicht wie immer."

„Nicht ganz."

Lea schwieg kurz: „Ist es einer dieser Orte, von denen du sagst, sie hätten einen eigenen Puls?"

„Ja", antwortete Gideon leise: „Ein Puls und ein Gedächtnis."

„Dann sei vorsichtig. Du weisst, wie schnell du dich darin verlieren kannst."

„Ich weiss."

Er schloss die Augen für einen Moment: „Ich habe etwas gefunden. Nichts Dramatisches, aber es hat... Fragen aufgeworfen. Keine Geister, nicht im klassischen Sinn. Vielleicht etwas Tieferes."

„Und du willst nicht darüber reden?"

„Noch nicht. Ich will erst sicher sein, was ich überhaupt gesehen habe."

„Okay", sagte sie sanft. „Aber versprich mir, dass du dich meldest. Nicht nur, wenn etwas passiert, auch, wenn nichts passiert."

Gideon lächelte: „Versprochen."

„Und iss was. Ich kenn dich."

„Harrows Suppe im Gasthaus ist überraschend gut."

Sie lachte: „Dann bleib am Leben. Wenigstens für die zweite Portion."

„Ich melde mich morgen."

„Ich freu mich drauf."

Sie verabschiedeten sich voneinander und beendeten den Anruf. Der Bildschirm am Handy wurde wieder dunkel. Er legte das Handy neben das Notizbuch und schloss für einen Moment die Augen. Lea hatte recht. Der Ort hatte einen Puls und er wurde schneller.

Gideon schlief in dieser Nacht tief. Kein Traum und keine entspannten Bilder, nur Dunkelheit. Ein reiner, schwerer Schlaf, wie ein Stein auf dem Grund eines stillen Sees. Bis er plötzlich wach wurde. Nicht durch ein Geräusch. Nicht durch Licht, sondern durch etwas anderes. Ein Gefühl, ein Druck, der nicht auf der Brust, jedoch in der Luft lag. Etwas hatte sich verändert. Die Atmosphäre im Raum war anders, nicht kälter, nicht wärmer, aber... dichter. Wie wenn man aufwacht und spürt, dass jemand einen beobachtet hat.

Er richtete sich langsam auf, drehte den Kopf zur Seite. Das Fenster war halb geöffnet, wie er es am Abend gelassen hatte. Ein kühler Wind bewegte kaum hörbar die Gardine. Draussen war es still. Gideon stand leise auf, trat barfuss ans Fenster. Die Bretter unter seinen Füssen knarrten kaum hörbar. Er legte die Hand auf den Fensterrahmen und sah hinaus.

Und dann, für einen Moment sah er sie. Eine dunkle Gestalt am Rand der Weide. Still, aufrecht und unbeweglich. Er konnte nicht sagen, ob sie gross oder klein war, Mensch oder etwas anderes. Der Nebel war zurückgekehrt und lag wie ein Vorhang über der Landschaft. Doch dort, inmitten der grauen Schwaden, zwei Punkte. Rot und leicht glühend, dort wo die Gestalt ihre Augen hatte. Gideon rührte sich nicht. Sein Herz schlug schneller und kräftiger. Schweiss bildete sich auf seiner Stirn und in seinen Handflächen. Er wusste nicht, wie lange er so stand, zehn Sekunden? Dreissig? Dann verschwand die Gestalt langsam im Nebel.

Als wäre sie nie dort gewesen, oder war es nur in einem Spalt im Nebel, der sich kurz geöffnet hatte? Gideon schloss das Fenster. Er setzte sich an den Schreibtisch. Ob er in dieser Nacht nochmals Schlaf finden würde, wusste er nicht. Er griff zum Notizbuch, blätterte eine neue Seite auf und schrieb in klarer, und etwas zittrigen Handschrift:

Fallnotiz Eintrag 7 – Beobachtung in der Nacht
Ort: Zimmerfenster, Gasthaus Shepherd's Hollow
Zeit: ca. 03:42 Uhr

Beobachtung:
Erwachen ohne äusseren Reiz, aber mit starkem Gefühl der Wachsamkeit. Präsenz im Aussenbereich, Gestalt am Rand der Weide, ca. 30–40 m entfernt. Zwei leuchtende rote Punkte, Augen? Reflektionen? Gestalt reglos, keine Bewegung, verschwand langsam im Nebel. Keine weiteren Geräusche oder Zeichen einer physischen Interaktion.

Einschätzung:
Keine bekannte Tierform oder reflektierende Struktur in dieser Position bekannt.

Eindruck:
Erscheinung war für mich sichtbar, nicht zufällig.

Mögliches Symbolverhalten? „Wächter", „Beobachter".
Verbindung zur Glockensymbolik derzeit nicht nach-
weisbar, aber denkbar.

Gideon legte den Stift beiseite. Die Glocke hatte nicht geläutet, aber irgendetwas hatte sich gemeldet und es
wusste, wo er schlief.

DAS KREUZ UND DER KREIS

Der Morgen kam langsam. Ein fahles Licht kroch über die Fensterläden des Gasthauses, begleitet von einem leisen, gleichmässigen Tropfen, Tau, der vom Dach fiel. Der Nebel hatte sich ein wenig gelichtet, aber er war nicht ganz fort. Er lag noch über den Hügeln wie eine Erinnerung, die nicht ganz verblassen wollte.

Gideon war gegen vier Uhr wieder eingeschlafen, flach, ohne Träume, doch mit jenem wachen Teil im Hinterkopf, der niemals schlief. Als er gegen halb neun die Augen öffnete, war es das Knarren von Holz irgendwo im Haus, das ihn in die Wirklichkeit zurückholte. Er richtete sich auf, stand unter die kalte Dusche und zog sich an. Die Notiz aus der Nacht lag noch offen auf dem Schreibtisch. Er schaute nur flüchtig darauf, als wolle er sich im Moment nicht damit beschäftigen.

In der Schankstube war es ruhig. Wirt Harrow stand bereits hinter dem Tresen und schenkte sich selbst eine Tasse Kaffee ein, als Gideon eintrat.

„Sie sehen aus, als hätten Sie spät geschlafen", murmelte er.

„Ich hatte einen... Besucher", erwiderte Gideon lächelnd, ohne eine weitere Erklärung dazu zu geben.

Harrow sah ihn an, nur einen Moment, dann nickte er, als hätte er nichts anderes erwartet als das: „Frühstück?"

„Gerne, aber ich hätte zunächst eine Frage."

„Nur zu."

„Wo finde ich die nächste aktive Kirche? Eine, in der nicht nur noch die Mauern stehen."

Harrow überlegte: „St. Bede's, Etwa zehn Meilen westlich. Ein Stück ausserhalb von Barrow Leigh. Kleiner Ort, aber um einiges grösser als Tallow's End. Die Kirche ist alt und noch in Betrieb. Der Pfarrer dort ist… eigen, aber auch kein Dummkopf."

„Wissen Sie, wie er heisst?"

„Pater Alastair Quinn. Ein stiller Mann. Hat ein Faible für alte Dinge. Vielleicht mag er Sie sogar." Harrow lachte und widmete sich wieder seiner Arbeit am Tresen, da weitere Gäste den Schankraum betraten hatten.

Gideon nickte dankbar: „Ich werde es herausfinden."

Nach dem Frühstück machte sich Gideon auf den Weg. Die Ortschaft hatte er schnell auf der Karte gefunden und notierte sich ein paar Eckpunkte. Er startete den Motor und fuhr los. Nacht etwa 35 Minuten erreichte er den Ort. Die Kirche war aus dunklem Sandstein gebaut, mit einem gedrungenen Turm und einem Kreuz, das aussah, als habe es schon mehr als ein Jahrhundert Wind und Regen getrotzt. Das Gelände war leer. Kein Friedhof, nur ein schmaler Weg aus Kopfsteinpflaster, der zu einer schweren Holztür des Kirchenschiffs führte.

Gideon klopfte, keine Antwort. Er klopfte erneut, dann öffnete sich die Tür. Ein Mann in dunklem Hemd, schmal gebaut, mit schneeweissem Haar und scharfen Augen, sah ihn an: „Mr. Blake?", fragte er, ohne Begrüssung.

Gideon blinzelte leicht überrascht: „Sie kennen mich?"

„Douglas Harrow hat angerufen. Sagte, ein Mann mit Fragen käme vorbei. Ich nehme an, das sind Sie."

„So ist es. Ich brauche Antworten zu einem Fund."

Pater Quinn trat zur Seite: „Dann kommen Sie besser herein, bevor die Fragen zu laut werden."

Die Kirche war kühl und roch nach Wachs und altem Papier. Gideon folgte dem Geistlichen in eine kleine Seitenkammer, die mehr nach Archiv als nach Sakristei aussah. Bücher, gerollte Pläne und eine Stehlampe auf einem Schreibtisch. Kein Kreuz, nur ein Fenster mit farblosem Glas.

„Zeigen Sie mir, was Sie mitgebracht haben."

Gideon öffnete seine Jackenasche, entnahm die Metallplatte aus dem Tuch und legte sie auf den Schreibtisch. Daneben seine Skizzen der beiden Symbole aus der Turm- und Kirchenruine. Pater Quinn beugte sich vor und zeigte keine Überraschung in seinem Gesicht, nur Konzentration. Er nahm eine Lupe und drehte die Platte in der Hand.

„Lateinisch, grob graviert. Nicht liturgisch. Ab Aeterno...“

„Sie kennen den Ausdruck?“ fragte Gideon.

„Natürlich, von Ewigkeit her oder aus der Ewigkeit, wie man es eben interpretiert. Kann theologisch gelesen werden, als Hinweis auf Gottes Zeitlosigkeit. Aber das hier...“ Er deutete auf die Gravur, „...ist kein Gebet. Es ist eher ein Schwur.“

„Antichristlich?“

Quinn nickte langsam: „Nicht direkt, aber... nicht gottgefällig. Es gibt Gruppen, Splitterbewegungen, Dualisten die glauben, die Welt sei von einem falschen Gott geschaffen worden. Dass das Gute eine Lüge sei. Manche nannten es früher Saturn-Kult, andere... Urgedächtnis. Alles lose verbunden durch eins, die Vorstellung, dass wahres Wissen verborgen sei unter Symbolen, in Steinen, in Tönen.“

Gideon deutete auf die Zeichnungen: „Und das hier?“

Quinn betrachtete die Skizzen ausführlich. Dann sagte er leise: „Das sind keine christlichen Zeichen. Nicht keltisch und nicht römisch. Aber sie sind alt. Älter als jede Kirche in dieser Gegend.“

„Und was bedeutet es?“

„Es bedeutet... dass jemand sich erinnern wollte. Und dass andere verhindern wollten, dass man es tut.“

Er sah Gideon fest an: „Wo haben Sie das gefunden?"

„In einer Ruine oberhalb von Tallow's End."

Pater Quinn lehnte sich langsam zurück: „Dann sollten Sie am besten nicht mehr dorthin gehen."

Pater Quinn hatte die Metallplatte wieder vorsichtig in das Tuch gewickelt und reichte sie Gideon zurück: „Was immer Sie da ausgegraben haben, es ist alt und es hat eine Bedeutung. Aber ich fürchte, es ist keine, die man in Predigten wiederfindet."

Gideon nahm die ins Tuch eingepackte, kleine Metallplatte entgegen und legte sie behutsam zurück in seine Jackentasche. Er zögerte einen Moment, ehe er sagte: „Ich muss nochmals dorthin Pater. Darf ich Ihnen etwas Persönliches erzählen?"

Quinn nickte, setzte sich auf den alten Holzstuhl an seinem Schreibtisch: „Bitte."

„Ich bin nicht nur wegen dieser Symbole hier, oder wegen der Inschrift auf der Platte. Ich habe vor einigen Tagen einen anonymen Brief erhalten mit einem Zeitungsausschnitt. Es ging um das Verschwinden eines Mannes, vor wenigen Wochen in dem Ort namens Tallow's End. Keine Erklärung, nur der Artikel... und ein handgeschriebener Satz: Wenn jemand zuhören kann, dann du."

Quinn legte die Hände ineinander. Sein Blick wurde aufmerksam: „Das klingt, als hätte jemand genau gewusst, an wen er sich wendet."

„Möglich. Ich habe viele Fälle untersucht, einige erklärbar, andere... nicht. Ich versuche, den Dingen auf den Grund zu gehen, ohne sie gleich einem Glaubenssystem zuzuordnen."

„Das ist weiser, als es klingt", murmelte der Pater.

„Im Dorf traf ich gestern auf eine Frau, Elsie Cartwright. Zwar alt, aber geistig wach. Sie scheint etwas zu wissen. Vielleicht mehr, als sie selbst versteht. Sie sprach von Glockenschlägen. Von Stille und von Rückkehr. Sie hat mich für heute Nachmittag erneut eingeladen."

„Sie hat Sie eingeladen?", fragte Quinn mit leiser Verwunderung.

„Ja. Sie sagte, ich solle wiederkommen, aber nicht zu früh."

Quinn lehnte sich zurück, musterte Gideon einen Moment. Dann sagte er ruhig: „Ich kenne Elsie, sie war früher oft hier. Vor vielen Jahren, meist zu Feiertagen. Dann kam sie nicht mehr. Sie sagte, der Glaube habe in ihrem Dorf einen anderen Weg genommen. Einen, den sie nicht mehr mitgehen könne."

„Klingt nicht nach jemandem, der einfach den Gottesdienst verpasst hat." Stellte Gideon überrascht fest.

„Nein", sagte der Pater nachdenklich, „Sie hatte das Gefühl, dass die Dinge dort älter waren als das Kreuz. Und dass sie, wenn sie sprechen würden, nichts Gutes zu sagen hätten."

Gideon nickte langsam: „Ich glaube, sie wartet auf etwas. Oder jemanden. Vielleicht auf mich, vielleicht... etwas anderes."

„Passen Sie auf sich auf, Mr. Blake."

„Ich tue, was ich kann." Antwortete Gideon beschwichtigend.

„Wenn Sie je das Gefühl haben, etwas gefunden zu haben, was man nicht allein tragen sollte..."

„Es gab noch etwas. Letzte Nacht." unterbrach Gideon den Pater.

Dieser richtete sich neugierig ein wenig auf. „Etwas?"

„Ich habe geschlafen. Tief und ohne Träume. Dann bin ich plötzlich aufgewacht, nicht durch ein Geräusch, sondern durch ein Gefühl. Etwas war... da."

„Wo?"

„Vor dem Gasthaus. Ich trat ans Fenster und sah eine Gestalt am Rand der Weide. Unbeweglich und verschwommen durch den Nebel. Aber deutlich sichtbar zwei Augen, glühend Rot. Nicht grell, eher matt. Wie... ein schwaches Glimmen."

Pater Quinn schwieg und schien zu überlegen.

„Ich stand mehrere Sekunden dort. Die Gestalt bewegte sich nicht. Dann verschwand sie im Nebel, ganz langsam.

Und seither... habe ich das Gefühl, dass sie wusste, dass ich da war."

Quinn liess die Hände auf seinem Schoss ruhen, den Blick ins Leere gerichtet: „Rot, nicht leuchtend, sondern Glut." murmelte er.

„Genau."

Der Pater nickte langsam, als würde er einem inneren Bild folgen. Dann sagte er leise: „Manche Legenden sprechen von einem Wächter, einem Beobachter, der erscheint, wenn jemand zu tief zu graben beginnt. Nicht, um zu schrecken, sondern um zu prüfen."

Gideon runzelte die Stirn. „Ein übernatürliches Wesen, ein Spuk?"

„Vielleicht, vielleicht auch nur ein Echo von etwas, das entsteht, wenn bestimmte Orte bedroht werden."

Er erhob sich langsam, trat an ein Regal und zog ein schmales Buch hervor, alt, handgebunden, mit verblasstem Einband: „Haben Sie je vom Schweiger der Glocke gehört?"

„Nein." antwortete Gideon interessiert.

Quinn blätterte vorsichtig in den Buch: „Es ist eine Erzählung aus dem 18. Jahrhundert. Nur ein Fragment. Darin heisst es, dass manche Glocken nicht darum nicht mehr läuten, weil sie verstummt sind, sondern weil sie warten. Und dass sie nur dann klingen, wenn der richtige Zeuge zuhört. Der Schweiger selbst erscheint vorher. Immer nachts und immer mit glühenden Augen. Kein Dämon. Kein Geist. Nur... eine Art Prüfender." Er schlug das Buch wieder zu.

„Wenn Ihre Erscheinung dieser Beschreibung ähnelt, dann ist die Glocke vielleicht näher, als Sie denken."

Gideon sah ihn lange an. „Und wenn der Schweiger mich geprüft hat, was kommt dann?"

„Dann kommt vielleicht die zweite Stille, von der Elsie gesprochen hat."

Pater Quinn stellte das Buch gemächlich zurück ins Regal. Dann trat er zu einer kleinen Holztruhe, die in der Ecke auf seinem Schreibtisch stand, unscheinbar, mit Messingbeschlägen und einem abgewetzten Griff.

„Einen Moment noch, Mr. Blake." Er öffnete sie, wühlte zwischen Lesezeichen, alten Medaillons und kleinen Beuteln aus Leinen. Schliesslich zog er ein dünnes, dunkles Lederband hervor, daran ein flacher, ovaler Anhänger aus Holz. In das Holz war ein einfaches Symbol eingeritzt. Drei konzentrische Kreise, durchbrochen von einer Linie. Quinn hielt es Gideon hin.

„Das ist nichts Okkultes. Kein Schutzzauber und keine Reliquie. Es ist ein altes Zeichen, das man hier in der Gegend manchmal noch kennt. Eine Art Triskele. Es bietet Schutz und bedeutet im weitesten Sinne, Ich beobachte auch."

Gideon nahm den Anhänger vorsichtig entgegen: „Und das soll helfen?"

Quinn zuckte mit einem kaum sichtbaren Lächeln die Schultern: „Vielleicht , vielleicht auch nicht. Aber manchmal ist es gut, wenn das Unbekannte erkennt, dass es nicht unbeobachtet ist."

Gideon betrachtete das einfache Stück Holz. Er hatte genug über Symbolik gelesen, um zu wissen, Wirkung ist oft keine Frage von Wahrheit, sondern von Wahrnehmung: „Danke Pater Quinn."

„Und wenn Sie der Glocke näher kommen… wenn Sie wirklich herausfinden, was sie ist…"

„Dann halte ich Sie auf dem Laufenden." Antwortete Gideon lächelnd.

Pater Quinn nickte zufrieden: „Tun Sie das."

Gideon verabschiedete sich von Pater Quinn und verliess die Kirche mit dem Anhänger in der Jackentasche. Draussen hatte der Nebel sich verzogen, der Himmel war offen und matt. Die Luft war kühl, aber klar. Er setzte sich ins Auto, startete den Motor und fuhr langsam durch den kleinen Ort zurück zur Hauptstrasse. Am Ortsrand bog er links ab, ein kleines Schild wies auf das örtliche Polizeirevier hin.

Er hatte keine grossen Erwartungen, aber vielleicht gab es noch etwas über den verschwundenen Mann von der örtlichen Polizei zu erfahren. Einen Namen, vielleicht einen Hinweis. Eine Lücke im Protokoll, die mehr sagte als die Worte selbst. Und vielleicht, dachte er, während er den

Wagen parkte, war es an der Zeit, mit der Vergangenheit ganz offiziell zu sprechen.

Fallnotiz Eintrag 8 – Gespräch mit Pater Quinn
Ort: St. Bede's Kirche, Barrow Leigh
Zeit: Vormittag

Gesprächspartner:
Pater Alastair Quinn, Priester der anglikanischen Kirche, gebildet, sachlich, kenntnisreich in theologischen wie symbolischen Fragen. Kennt Begriffe wie Ab Aeterno *und ordnet sie korrekt in dualistische, nicht-christliche Denkstrukturen ein. Hinweis auf esoterische Konzepte wie „Saturn-Kulte", Urgedächtnis und kultisch-symbolische Systeme vor der kirchlichen Zeitrechnung.*

Wichtige Aussagen:
Die Metallplatte trägt vermutlich keinen liturgischen, sondern einen „archaisch-ritualistischen" Charakter Inschrift „Von Ewigkeit her" lässt sich als Schwur oder Mahnung interpretieren, nicht als Gebet. Ein Symbol (drei Kreise mit Trennungslinie) wird als Zeichen gedeutet, das sinnbildlich sagt: „Ich beobachte auch." ähnlich Triskele.

Neue Informationen:
Erwähnung einer alten Legende: „Der Schweiger der Glocke" Erscheinung mit glühenden Augen, tritt auf, bevor die Glocke sich meldet. Funktion nicht als Bedrohung, sondern als Prüfung. Deutet die Glocke selbst eher als metaphysisches oder bewusstseinserweiterndes Symbol denn als realen Klangkörper.

Persönliche Bewertung:
Pater Quinn ist kein Mystiker, aber offen für komplexe Deutungen. Gibt keine vorschnellen Erklärungen ab. Sein Hinweis auf den „Schweiger" korrespondiert in beunruhigender Weise mit meiner nächtlichen Beobachtung. Die Gabe des Schutzsymbols wirkt schlicht und dennoch... beruhigend.

Nächste Schritte:
Besuch im örtlichen Polizeirevier zur Klärung des Verschwindens aus dem Zeitungsartikel. Zweites Treffen mit Elsie Cartwright am späten Nachmittag. Überprüfung, ob es historische Quellen zur „Glocke" oder „Schweigergestalt" gibt, evtl. über Pater Quinns Kontakte.

Gideon klappt das Notizbuch zu, legt es auf den Beifahrersitz, atmet einmal tief durch, dann greift er zum Türgriff.

Das Polizeigebäude war ein schlichter, zweigeschossiger Ziegelbau, eher Verwaltungsbüro als Ermittlungszentrale. Nur ein rostiges Schild mit der Aufschrift: *North Moor District Constabulary – Substation Barrow Leigh* schmückte den Eingangsbereich.

Gideon betrat das Revier. Die Luft war trocken, der Empfangsbereich klein, mit einem wackeligen Holztisch, einer leeren Kaffeetasse und einer Theke aus den 70ern. Dahinter ein älterer Mann mit grauen Koteletten, müdem Blick und einem Namensschild, das aussagte, was seine Haltung bestätigte: *Constabler E. Garvey.*

Garvey sah nicht auf, sondern blätterte in einer örtlichen Zeitung: „Wenn Sie hier sind, um einen verlorenen Hund zu

melden, wir haben heute keinen Formulare mehr für Fund-
tiere."

Gideon trat ruhig an die Theke: „Keine Sorge. Es geht nicht
um einen Hund."

Garvey hob den Blick. Und rollte innerlich mit den Augen,
ohne die Augen zu bewegen: „Sondern?"

„Ich recherchiere zu einem Vermisstenfall. Aus der Nähe
von Tallow's End. Ein Mann, der angeblich spurlos verschwand. Vor einigen Wochen. Ich dachte, vielleicht... gibt
es einen Eintrag, oder zumindest eine Notiz."

„Wir sind kein Archiv für Zeitungsphantasien, Mr...?"

„Blake. Gideon Blake."

„Was haben Sie mit dem Fall zu tun?" fragte Garvey rau.

„Nichts Offizielles."

„Ah. Einer von denen."

Gideon lächelte dezent: „Einer von welchen?"

„Von den Leuten, die überall mehr sehen, als da ist."

„Ich sehe nur genauer hin, wenn etwas nicht da ist, wo es
sein sollte."

Garvey verschränkte die Arme: „Der Mann ist vermisst. Punkt. Kein Verbrechen, keine Spuren, keine Zeugen. Wahrscheinlich abgehauen, wie so viele."

„Und doch wurde ein Bericht verfasst."

Garvey sah ihn einen Moment prüfend an: „Sie sind nicht von der Presse, oder?"

„Nein, wo denken sie hin."

„Auch kein Esoteriker?"

„Definitiv nicht."

„Und was genau qualifiziert Sie, mir meine Zeit zu stehlen?"

Gideon neigte leicht den Kopf: „Vielleicht das gleiche, was Sie jeden Tag hier sitzen lässt. Neugier und ein gewisser Eigensinn."

Garvey schnaubte. Dann, nach kurzem Zögern: „Setzen Sie sich. Aber wenn ich merke, dass Sie mit Alufolie unter der Mütze hier rausgehen, sag ich's nur ungern. Unsere Zelle ist nachts ziemlich kalt."

Gideon setzte sich freundlich lächelnd hin und wartete.

„Also...", begann Garvey mürrisch, während er in einer Schublade kramte, „vor sechs Wochen. Mann, Anfang 50, Wanderer und Fotograf. Soll angeblich in Tallow's End gesehen worden sein. Nur, da will ihn keiner wahrgenommen haben."

„Und was sagt Ihr Bauchgefühl?"

Garvey warf ihm einen schrägen Blick zu: „Meiner sagt, Ich sollte weniger Bohnen zum Frühstück essen." Ein glucksendes Lachen entwich dabei seinem Mund.

Gideon lachte leise: „Aber im Ernst, Constabler, irgendetwas hat Sie stutzig gemacht. Sonst würden Sie mir das alles gar nicht erzählen."

„Ich erzähle Ihnen gar nichts", brummte Garvey. „Ich... teile Informationen... unter Vorbehalt."

„Natürlich. Unter grösstem Vorbehalt."

„Er hatte eine Kamera dabei. Teure Ausrüstung. Die wurde später bei einem Antiquitätenhändler in Whitby gesichtet. Verkauft von einem... niemand. Hat einen falschen Namen angegeben. Der Mann ist nicht mehr aufgetaucht."

„Könnte das nicht auch ein Raub gewesen sein?" fragte Gideon übertrieben besorgt.

„Könnte."

Gideon kratze sich am Kopf: „Aber dann fehlt das Motiv. Kein Hinweis auf einen Streit, ein vermisster Geldbetrag, eine Affäre oder einen Unfall."

Garvey sah ihn misstrauisch an: „Sie sind wirklich keiner dieser… was sagen die Akademiker immer? Analytisch-empirischen Denker mit Hang zum Wahnsinn?"

Gideon nickte höflich: „Ich nehme das als Kompliment."

„Tun Sie das, und wenn Sie was rausfinden, lassen Sie's mich wissen. Und jetzt lassen sie mich ihn ruhe."

„Ich danke Ihnen für Ihre Zeit, Constabler Garvey."

Garvey lehnte sich zurück, verschränkte die Arme hinter dem Kopf. „Zeit habe ich. Was ich nicht hab, ist Geduld für irgendwelche Geschichten."

„Dann beruhigt es Sie vielleicht, dass ich keine erzähle. Ich höre nur genau zu."

„Tun Sie das. Aber wenn die Glocke unserer Kirche plötzlich zu Unzeiten läutet, nicht erschrecken. Die Turmuhr hier klemmt manchmal."

Er zeigte ein kurzes Zucken am Mundwinkel. War das ein Lächeln? Gideon nickte, verliess das Revier und trat hinaus in den helleren Nachmittag. Der Nebel hatte sich weiter verzogen. Die Luft war klar, aber kühl. Er stieg in seinen Wagen, schlug das Notizbuch auf und schrieb:

Fallnotiz Eintrag 9 – Gespräch mit Constabler Garvey,
Ort: Polizeirevier Barrow Leigh
Zeit: Mittag

Constabler E. Garvey, ca. Ende 50, dienstmüde, skeptisch, aber aufmerksam. Reagierte zunächst abweisend, liess sich mit gezielter Gesprächsführung zu mehreren relevanten Aussagen bringen.

Erkenntnisse:
Vermisster Mann (ca. Anfang 50) wurde zuletzt in der Umgebung von Tallow's End vermutet. Keine offiziellen Zeugen, keine Meldungen aus dem Dorf. Kameraausrüstung des Vermissten tauchte später bei Antiquitätenhändler in Whitby auf. Verkauf durch eine unbekannte Person mit falschem Namen. Keine finanziellen Transaktionen, keine bekannten Motive für Verschwinden.

Interpretation:
Umstände sprechen gegen zufälliges Verschwinden oder freiwilligen Rückzug. Möglichkeit eines gezielten Diebstahls, aber auffällige Spurenarmut. Schweigen aus Tallow's End auffällig, entspricht Aussagen von Elsie und Wirt Harrow über das „Nichtreden bei Nebel".

Bemerkung:
Garvey deutet an, dass er dem Fall mehr Bedeutung beimisst, als er offiziell zugibt. Mein methodischer Ansatz schien Wirkung zu zeigen, trotz anfänglicher Ablehnung.

Nächste Schritte:
Rückkehr nach Tallow's End für zweites Gespräch mit Elsie Cartwright. Überprüfung möglicher Verbindung zwischen dem Vermissten und der Metallplatte / Symbolik.

Gideon klappte das Notizbuch zu, sah kurz in den Rückspiegel und startete den Motor. Das Schild vom *Shepherd's*

Hollow tauchte nach einer guten halben Stunde wieder zwischen den knorrigen Bäumen auf. Der Gasthof wirkte aus der Ferne wie ein zu gross geratenes Bauernhaus, das sich ducken wollte, aber nicht durfte. Ein leichter Wind hatte aufgezogen und die Wolken wurden dichter. Gideon parkte auf demselben Platz wie am Morgen. Als er die Tür zur Schankstube öffnete, roch es nach Eintopf und altem Holz. Der Kamin brannte wieder. Douglas Harrow stand hinter dem Tresen, die Ärmel hochgekrempelt, ein nasses Geschirrtuch über der Schulter.

„Sie sehen aus, als hätten Sie entweder Antworten bekommen... oder mehr Fragen."

Gideon setzte sich an denselben Tisch wie beim Frühstück.

„Beides. In ausgeglichener Menge."

Harrow brachte ihm, ohne zu fragen einen Teller mit dampfendem und lecker riechenden Wildeintopf und ein Stück Brot: „Und?"

„Ich habe mit Pater Quinn und der Polizei gesprochen. Der Beamte, Garvey, ist nicht besonders mitteilsam. Aber er weiss vielleicht mehr, als er zugibt."

Harrow zuckte mit den Schultern: „Das tun viele. Garvey ist ein schlecht gelaunter alter Bulle, den man nicht reizen sollte."

Gideon konnte sich ein Grinsen nicht verkneifen: „Der Vermisste war vermutlich wirklich in Tallow's End. Aber niemand hat ihn gesehen, zumindest nicht offiziell."

Harrow nickte kaum merklich

„Würden Sie sich erinnern, wenn jemand fragte?" fuhr Gideon fort.

„Ich würde, aber ich bin auch kein Bewohner von Tallow`s End. Sind komisch Käuze eben." Harrow wandte sich zum Gehen.

Gideon löffelte einen Bissen Eintopf: „Seine Kamera wurde in Whitby verkauft. Von jemandem unter falschem Namen."

„Dann war er also wirklich da."

„Möglich. Oder jemand wollte, dass man das denkt." Harrow lehnte sich mit verschränkten Armen an den Balken neben ihm.

„Sie glauben, er ist nicht gegangen?" Gideon`s Interesse war wieder geweckt.

„Ich glaube, er ist geblieben. Auf eine Weise, die nicht im Melderegister auftaucht."

Gideon sah auf: „Sie sagen das, als hätten Sie so etwas schon erlebt."

„Nicht so. Nicht... so still."

Harrow schaute sich verstohlen im Gastraum um, bevor er sich an Gideon wandte: „Wissen Sie, was man sich über die Glocke sagt, Mr. Blake?"

„Was?"

„Dass sie nur einmal ruft. Und wenn man sie hört, hat man die Wahl: Weghören oder hingehen. Und die meisten, die hingehen…finden nicht zurück."

Gideon legte den Löffel ab: „Und die, die zurückkommen?"

„Die reden nicht mehr darüber." flüsterte Harrow wissend und ging zurück zum Tresen. Man konnte den Wirt schlecht einschätzten. Machte er sich nur einen Spass daraus, Gideon mit Habwissen zu versorgen, oder meinte er es ernst?

Gideon ass zu Ende und ging danach kurz in sein Zimmer um sich etwas auszuruhen und sich anschliessend für den zweiten Besuch in Tallow`s End bei Elsie Cartwright bereit zu machen. Kurz nach 14 Uhr stieg er in seinen Wagen und fuhr erneut in das kleine Dorf. Er stellte den Wagen an derselben Stelle wie tags zuvor ab. Der Platz war abermals leer und ein feiner und tastender Wind strich über den Ort.

Er schloss den Wagen ab und ging über den Platz zur Bank, wo er Elsie am Vortag angetroffen hatte. Sie sass wieder dort, an exakt derselben Stelle unter dem knorrigen Baum, dessen Äste sich heute nur leicht bewegten. Sie trug ein Tuch über dem Haar und einen dunklen Mantel, der viel zu gross für sie wirkte. Neben ihr auf der Bank lag ein gefaltetes Taschentuch.

„Sie sind pünktlich", sagte sie, ohne ihn anzusehen.

„Ich bin neugierig", erwiderte Gideon ruhig.

Sie stand langsam auf und klopfte sich den Mantel zurecht: „Dann kommen Sie mit. Das Haus ist nicht viel, aber es hält warm."

Sie ging heute mit überraschend sicherem Schritt voraus, ohne Krückstock. Gideon folgte ihr über den Platz, vorbei an den wenigen Häusern mit wettergrauen Fassaden, schmalen Vorhängen hinter den Scheiben und Gärten, die mehr Erinnerung als Pflege ausstrahlten. Gideon erkannte teilweise Bewegungen und Menschen hinter den Vorhängen.

Elsies Haus war das vorletzte in einer kleinen Reihe. Weiss getüncht, mit einem Dach aus Schieferplatten und einem Zaun, der nur noch aus drei aufrechten Latten und einem Tor bestand, das nicht schloss. Sie öffnete die Tür ohne Schlüssel. Das Innere des Hauses war schlicht, aber sauber. Der Boden bestand aus alten Holzdielen, die unter jedem Schritt knarrten. Ein kleiner Ofen stand in der Ecke, ein Sessel mit gehäkelter Decke daneben, ein niedriger Tisch mit zwei Stühlen. Keine Bilder an den Wänden. Keine Uhr und kein Fernseher.

„Setzen Sie sich", sagte sie und ging zur kleinen Teeküche, wo bereits eine Kanne auf der Kochplatte stand.

Gideon liess den Blick schweifen, nicht aus Neugier, sondern aus Respekt. Das hier war ein Raum, der nichts beweisen wollte. Er war einfach da.

„Sie sagten, ich solle wiederkommen", begann er, als sie zwei dampfende Tassen hinstellte.

„Und Sie sind gekommen. Das sagt mehr über Sie aus, als Sie vielleicht glauben."

„Ich habe noch Fragen... und ich glaube, Sie auch."

Der Tee war stark und bitter. Genau so, wie Gideon ihn in einem Dorf wie Tallow's End erwartete. Er trank langsam, den Blick auf die schlichte Keramik gerichtet, ehe er das Wort ergriff: „Ich war heute Vormittag in Barrow Leigh, bei Pater Quinn."

Elsie zuckte kaum merklich zusammen: „Er lebt noch, ja."

„Er ist hellwach. Und sehr... direkt. Er kennt einige der Symbole, die ich gefunden habe. Er glaubt, sie stammen aus einer Zeit vor der Kirche."

Elsie schwieg und nickte unmerklich.

„Ich habe ausserdem mit einem Constabler gesprochen. Er führte die Ermittlungen zu einem Mann, dessen Fall mich hierhergeführt hat."

„Und was sagt dieser Constabler?"

„Nicht viel, aber das was er nicht sagte war aufschluss-reich."

Elsie stellte ihre Tasse ab: „Er war hier", sagte sie plötzlich, „der Mann."

Gideons Blick verharrte: „Sie haben ihn gesehen?"

„Ich habe nicht mit ihm gesprochen. Ihn nur beobachtet. Er war still und wirkte freundlich und neugierig."

„Was hat er getan?"

„Er hatte eine Kamera dabei. Diese grossen, mit Wechsel-objektiv. Er fotografierte Dinge, die sonst keiner beachtet, den Glockenturm, die alten Häuser, den... Bahnhof."

Gideon hob leicht die Augenbrauen.

„Welchen Bahnhof?" fragte er leicht irritiert.

„Er fragte einen der Torstecher aus dem Dorf, wie man dorthin kommt. Ich hörte es zufällig. Drei Tage später war er verschwunden."

„Hat jemand versucht, ihn zu finden?"

„Nicht direkt. Die Polizei war einmal hier und hat herumge-fragt. Aber es gibt Orte, Mr. Blake, die sagen nicht Stopp. Sie sagen einfach nichts..."

Gideon beugte sich leicht vor: „Was ist mit dem Bahnhof?"

Elsie atmete durch.

„Als ich noch jung war, war er ein Umschlagplatz. Nicht für Güter. Für... Menschen, Reisende, Suchende. Manche kamen nie an, andere nie zurück."

„Und heute?"

„Heute liegt er still. Aber solche Plätze und Gebäude bewahren auch Erinnerungen."

Gideon schwieg einen Moment. Dann griff er in seine Tasche und legte das kleine Holzsymbol auf den Tisch, jenes, das ihm Pater Quinn gegeben hatte.

„Wissen Sie, was das bedeutet?"

Elsie sah es an, nickte und flüsterte dann: „Ich beobachte auch."

Sie betrachtete das kleine Holzsymbol mit den drei Kreisen und der Linie, ihre faltigen Finger strichen langsam darüber, als würde sie mehr fühlen als sehen: „Wissen Sie... früher sagte man, das sei ein Schutzzeichen. Doch das ist nicht ganz richtig. Es schützt nicht nur, es kündigt auch an."

Gideon hob leicht die Brauen: „Was kündigt es an?"

„Beobachtung. Es sagt, Ich bin nicht blind. Ich sehe dich und manchmal reicht das."

Elsie schob den Anhänger behutsam auf den Tisch zurück zu Gideon. Dieser lehnte sich leicht vor: „Sie haben bei unserer letzten Begegnung von der Glocke gesprochen. Von zwei Stillen. Was meinen Sie damit genau?"

Sie blickte ihn an, lange, wie um abzuwägen, wie viel sie sagen durfte: „Die erste Stille ist die, in der der Ort schweigt. Er beobachtet und wartet. Sie merken es an den Tieren. Am Wind. Selbst die Schatten bewegen sich langsamer."

„Und die zweite?"

„Die zweite Stille ist... der Moment, in dem man bemerkt, dass man gehört wurde."

Gideon schwieg. Ein feiner Schauer lief ihm über den Rücken, nicht wegen ihrer Worte, sondern wegen der Art, wie Elsie sie sprach. Als wäre es kein Glaube, eher eigene Erfahrung. Trotzdem konnte er mit den Aussagen nicht viel anfangen.

„Und was ist mit dem Schweiger der Glocke?"

Elsie erschrak spürbar, versuchte es aber zu überspielen und nickte dann kaum merklich: „Der Schweiger kommt normalerweise zwischen den beiden Stillen. Er ist kein Wächter. Er ist ein Prüfstein. Wenn Sie ihm begegnen, was ich vermute, dann stehen Sie auf der Schwelle."

„Zu was?" fragte Gideon und spürte dabei eine innere Ungeduld.

Sie zögerte. Dann, mit kaum hörbarer Stimme: „Zu dem, was einmal Hexenwerk genannt wurde. Nicht diese

Kindergeschichten mit Besen und Zaubersprüchen. Sondern... Wissen. Uraltes, verdrängtes Wissen über Blut und Erde."

Gideon erinnerte sich an die Symbole, an die Metallplatte mit der Gravur Ab Aeterno: „Ich fand ein Zeichen in der Ruine und einen Spruch. Lateinisch: Von Ewigkeit her."

„Es war nie weg", flüsterte Elsie. „Es war nur still."

„Sie glauben, es handelt sich um einen Kult?"

„Kein Kult. Die Glocke dort, sie gehörte nie der Kirche. Sie wurde nie geweiht. Man sagt, sie hing früher... andersherum, als Zeichen."

„Ein Zeichen wofür?"

„Dass etwas unter ihr schlief."

Gideon spürte, wie seine Gedanken sich überschlugen. Fakten, Legenden, Andeutungen. Aber gleichzeitig war da ein Gefühl von... System. Wie bei einem Puzzle, dessen Ränder man gerade zu legen beginnt.

„Und der Mann, der verschwand... glauben Sie, er hat etwas geweckt?"

Elsie antwortete erst nach einer Pause: „Ich glaube er hat vielleicht etwas gesucht und dann zu lange hingehört. Vielleicht bewusst, vielleicht aber auch unbewusst. Es war nicht seine Absicht, als er hergekommen ist."

Gideon verabschiedete sich nach dem Gespräch von Elsie und war sich sicher, dass er sie nicht zum letzten Mal gesehen hatte. Er ging zurück zu seinem Wagen, setzte sich auf den Fahrersitz und nahm sein Notizbuch zur Hand.

Fallnotiz Eintrag 10 – 2. Gespräch mit Elsie
Ort: Tallow's End – Haus von Elsie Cartwright
Zeit: später Nachmittag

Gesprächsinhalte:
Erste und zweite Stille:
Erste Stille = Schweigen des Ortes, Atmosphäre der Beobachtung
Zweite Stille = Moment, in dem der Ort „zurückblickt"
Zwischen beiden erscheint der sogenannte „Schweiger der Glocke".

Der Schweiger:
Wird nicht als Bedrohung, sondern als Prüfstein beschrieben. Könnte mit dem nächtlichen Beobachter (rote Augen) identisch sein. Symbolfigur für Übergänge, möglicherweise kultisch belegt

Vermuteter Hexenkult:
Keine moderne Esoterik, sondern Überbleibsel eines uralten, vorchristlichen Wissens. Glocke der Kirchenruine war „nie geweiht", Symbolkraft eventuell invers. Hinweis auf unterirdische bzw. „schlafende" Kraft

Verbindung zum Vermisstenfall:
Der verschwundene Mann wurde offenbar mehrfach
im Dorf beobachtet. Hatte Fotoausrüstung dabei, u. a.
zur Dokumentation des alten Bahnhofs. Elsie er-
wähnte, dass der Bahnhof früher als „Übergangsort"
galt. Ich erhalte von ihr eine Wegbeschreibung zum
Gelände

Persönliche Einschätzung:
Elsie besitzt offenbar tieferes Wissen, nicht nur über
die Legenden, sondern über ihre Verbindung zu realen
Ereignissen. Ihre Aussagen wirken nicht irrational,
sondern reflektiert, wenn auch durch persönliche Er-
fahrungen gefärbt. Ihre Erwähnung des Bahnhofs als
„Ort, der sich selbst verschliesst" weckt Interesse –
auch im Hinblick auf den anonymen Brief, der ev. dort
in der Nähe deponiert wurde.

Nächste Schritte:
Fahrt zum alten Bahnhof laut Elsies Beschreibung.
Suche nach Spuren des Vermissten (z. B. Fussabdrü-
cke, vergessene Gegenstände, Zeichen am Gemäuer).
Beobachtung der Umgebung hinsichtlich Atmosphäre,
Geräuschen, Stille. Vorsichtiger Zugang, kein Betreten
tieferer Strukturen ohne Vorabklärung.

Der Weg war schmal, kaum befestigt. Gesäumt von Brom-
beersträuchern, knorrigen Bäumen und der Art von Wild-
wuchs, die einen Ort mehr verbirgt als schmückt. Gideon
fuhr langsam, tastend, wie durch eine Erinnerung, die nicht
aufgeschrieben werden wollte. Für den Range Rover war
diese Art von Weg jedoch kein Problem.

Elsies Wegbeschreibung war präzise, zwei unscheinbare
Abbiegungen im Wald, dann ein halb verfallener Gatter-
durchlass und eine alte Telegraphenstange, die sich wie ein

schiefer Zeigefinger in den grauen Himmel reckte. Der mit Moos und Gras überwucherte, niedere Bahndamm war kaum zu erkennen. Dann lag er vor ihm, der Bahnhof, oder das was von ihm übrig war.

Kein Gebäude im eigentlichen Sinne, mehr eine stillgelegte Haltestelle der Zeit. Ein einzelnes, längliches Haus aus dunklem Backstein, das Dach an einer Seite eingefallen. Die Gleise waren zum Teil entfernt worden, zurückgeblieben war ein grasüberwucherter Bahndamm und ein leerer Bahnsteig. Gideon stellte den Wagen ab, stieg aus und trat langsam an das Gebäude heran. Die Tür war nur angelehnt, oder hatte vielleicht auch nie ganz geschlossen.

Im Innern war nur das gleichmässige Tropfen von Wasser, das irgendwo aus einem rostigen Rohr auf Stein fiel zu hören. Der Boden war feucht, mit Spuren von Moos und altem Laub. Er schaltete seine Taschenlampe ein und liess den Lichtkegel vorsichtig über die Wände gleiten. Graffiti, ein paar Initialen, zerbrochene Fliesen. Nichts Besonderes, was es in anderen verfallenen Gebäuden ebenfalls zu finden gibt. Dann stutzte er, ein Abdruck im Dreck. Nicht frisch, aber nicht alt genug, um belanglos zu sein. Schuhgrösse etwa 43 mit festem Tritt. Daneben eine zweite Spur, leicht versetzt. Jemand hatte sich hier bewegt und es war noch nicht allzu lange her.

Gideon kniete sich hin, tastete mit den Fingern am Rand entlang. Dort, direkt neben einem Betonpfosten, lag ein Stück einer zerknitterten Filmverpackung, vom Typ, den Fotografen für lichtempfindliches Material nutzen. Er hob es auf und roch daran. Es roch nach Metall und dem typischen Geruch von Fotofilmen. Gideon sah sich weiter um.

Hinter einem halb eingestürzten Regal lag ein zerbrochener Flaschenhals, daneben ein paar vergilbte Blätter Papier, soweit leer. Das was Mal drauf gestanden hatte war durch die Feuchtigkeit unleserlich geworden und verblasst.

Wieder stutzt er. Er schaute sich die verblasste Schrift genauer an, hielt sie ins Licht der Taschenlampe und glaubte etwas zu erkennen. Ein ihm bereits bekanntes Symbol. Drei konzentrische Kreise, durchbrochen von einer Linie. Gideon hielt inne. Das gleiche Symbol, das auch auf dem kleinen Holzanhänger prangte. Nicht identisch, aber zu ähnlich, um als Zufall abgetan zu werden.

Er richtete sich auf und steckte den Zettel ein. Er schaute sich auch den Rest des Gebäudes an. Ansonsten gab es in dem verfallenen Bahnhof nichts weiter zu entdecken und er trat wieder hinaus. Er ging den überwucherten Bahnsteig auf und ab und entdeckte ein paar weitere Fussspurren. Wo sie hinführten, konnte er aber nicht eruieren. Die Sonne stand bereits tief und tauchte das verfallene Gebäude in ein goldblasses Licht. Der Wind hatte aufgefrischt, nicht stark, aber es fröstelte ihn trotzdem. Ein Schauer lief ihm über den Rücken, den er sich im Moment nicht erklären konnte. Es gab hier nichts, was ihn schaudern musste. Vielleicht war es nur sein Unterbewusstsein, dass etwas registrierte und nicht einordnen konnte. Aus dem Wald war entferntes Vogelgezwitscher zu hören. Gideon sah sich ein letztes Mal vor dem Gebäude um. Der Bahnhof war ansonsten leer. Ein Zeitzeuge aus der Vergangenheit, der nicht mehr gebraucht wurde.

Der Motor des Wagens summte gleichmässig, als Gideon den schmalen Weg zurück zur Hauptstrasse nahm. Der

Himmel war inzwischen orange-violett gefärbt. Regenwoklen zogen vom Horizont auf. Das Licht flackerte zwischen den Ästen hindurch, die wie schwarze Finger über den Weg griffen. Am Ende des Weges, kurz bevor er die Abzweigung des Waldwegs erreichte, warf Gideon nochmals einen Blick in den Rückspiegel. Nur für einen Moment glaubte er etwas zu sehen. Einen Schatten am Rand des alten Bahnsteigs und regungslos zwei rote Punkte. „Der Schweiger" schoss es ihm sofort durch den Kopf. Er blinzelte kurz und bremste seinen Geländewagen sanft ab. Er drehte sich auf dem Sitz um und schaute durch das Rückfenster. Nichts. Vielleicht war es nur ein Ast, vielleicht ein Reflex, eine Sinnestäuschung nach einem langen Tag. Er sah wieder nach vorn und danach nochmals in den Rückspiegel, nichts mehr zu erkennen. Gideon fuhr weiter, schaute aber immer wieder in den Rückspiegel. Die Rückfahrt verlief aber störungsfrei und ohne weiteren Beobachtungen.

Zurück im Gasthaus war es ruhig im Schankraum. Der Kamin brannte wieder und es roch gut nach Lammragout und angebranntem Brot. Douglas Harrow stand wie immer hinter dem Tresen, sah auf, als Gideon eintrat und nickte ihm nur knapp zu.

„Ich hoffe, Sie haben Appetit."

„Ich hoffe, Sie haben noch Ragout."

„Für Sie immer."

Das Abendessen war einfach, aber wärmend. Keiner sprach viel. Etwa acht weitere Gäste sassen verteilt im Schankraum und assen. Zwei weitere sassen anderen Ende des Raums, ein Kartenspiel zwischen sich, das sie ohne Worte betrieben. Die Wolken hatte sich mittlerweile über dem Gasthaus zugezogen und der Regen hatte eingesetzt. Ein leises Trommeln war auf dem Dach zu hören, das wie schnell schlagendes Herz anhörte.

Gideon ass schweigend. Der Bahnhof hatte ihm keine Antworten gegeben, aber er hatte Fragen bestätigt, die er selbst noch nicht ganz formuliert hatte. Der verschwundene Mann war dort gewesen. Nach dem Essen zog er sich auf sein Zimmer zurück. Er legte seine Jacke ab und setzte sich an den kleinen Schreibtisch. Die Tischlampe war alt, das Licht gelblich. Aus der Ferne hörte man den Wind durch das Holz des Gebäudes pfeifen und er schlug sein Notizbuch auf:

Fallnotiz 11 – Besuch des alten Bahnhofs
Ort: Alter Bahnhof westlich von Tallow's End
Zeit: gegen Abend

Beobachtungen:
Gebäude in desolatem Zustand, keine frischen Spuren Aber Fussspuren menschlicher Anwesenheit (ca. 3-4 Wochen alt). Abdrücke (Schuhgröße passend zum vermissten Mann). Reste von Filmpackung, Hinweis auf fotografische Aktivität. Verblasste Notiz mit ausgebleichtem Symbol (drei Kreise mit Linie), identisch mit Holzanhänger oder nur Zufall?

Atmosphäre:
Deutlich spürbare Stille. Nur wenige Tiergeräusche / Insekten. Gefühl von... Verlassen sein seitens des Ortes

Persönliche Wahrnehmung:

Seltsames Gefühl, Schauer auf dem Rücken. Bei Rück-
fahrtkurzzeitige visuelle Beobachtung im Rückspiegel,
mögliche Erscheinung des „Schweigers"? Kein unmit-
telbares Gefühl der Bedrohung. Gefühl, dass der Ort
nicht „leer" ist, sondern wachsam

Einschätzung:
Der Bahnhof war eindeutig Teil der Bewegung des
Vermissten. Verbindung zu Symbolik des Glocken-
turms scheint vorhanden. Symbol möglicherweise
Schutz / Schwelle / Einladung oder Warnung?

Nächste Schritte:
Rückkehr zur Kirchenruine, Hinweise auf die Glocke
finden, sofern möglich. Beobachtung der nächsten
„Stille" – falls sie eintritt

Gideon legte den Stift beiseite und rieb sich die Stirn.
Draussen war es dunkel geworden. Der Regen hatte wie-
der fast aufgehört. Nur noch vereinzelt Tropfen fielen vom
Himmel und tropften auf das Brett vor Gideons Fenster.
Die Nacht war unruhig, so wie Wasser, das in einem tiefen
Becken steht und trotzdem in der Tiefe immer in Bewe-
gung bleibt. Gideon hatte lange wachgelegen. Erst nach
Mitternacht war er eingeschlafen, aber was dann kam, war
kein erholsamer Schlaf. Er träumte.

Zunächst nur Schatten, ein Tunnel aus Nebel, durch den
sich etwas bewegte. Langsam und ohne Eile. Dann sah er
Elsie, wie sie am Bahnsteig stand. Ihr Blick war leer, ihre
Lippen bewegten sich, aber kein Ton drang zu ihm durch.
Dann die Glocke. Sie hing über ihm, riesig, aus schwarzem
Material, mit seltsamen Gravuren auf der Innenseite. Ihre
Öffnung zeigte nach oben. Und schliesslich der Schweiger.
Er stand am Rand des Hügels, hinter ihm der eingefallene

Glockenturm. Reglos, in einem langen, dunklen Gewand. Das Gesicht war nicht zu sehen, nur die roten Augen. Diesmal brannten sie. Nicht wie Feuer, sondern wie ein Blick, der alles sah und alles durchdringt. *„Er hat es gesehen"*, flüsterte jemand. Oder hatte Gideon es nur gedacht? Der Schweiger hob den Arm. Nicht drohend, sondern... zeigend. Auf ihn.

Gideon erwachte keuchend. Sein Körper war kalt, die Bettdecke zur Seite geschoben. Schweiss rann über seinen ganzen Körper, obwohl der Raum kühl war. Er sah auf die Uhr: 04:12 Uhr. Er setzte sich auf, rieb sich die Augen, atmete durch. Es war nur ein Traum. Aber irgendetwas darin war mehr gewesen. Mehr als ein Echo der vergangenen Tage. Er stand auf und zog die Vorhänge zur Seite. Draussen war es noch dunkel, der Himmel und die Wolken wogen schwer. Leichter Nieselregen hatte wieder eingesetzt und der Nebel kroch bereits wieder über die Felder.

Gideon blieb einen Moment am Fenster stehen. Danach trocknete er mit einem Handtuch den Schweiss an seinem Körper ab und legte sich wieder ins Bett. Er schloss die Augen, machte eine Entspannungsübung und schlief nach wenigen Minuten wieder ein. Kurz, aber tief war sein Schlaf. Als er die Augen erneut öffnete, war es bereits hell im Raum. Durch die offenen Vorhänge erkannte er, dass sich der Nebel verdünnt, aber noch nicht ganz gelichtet hatte.

Er richtete sich auf, zog die Decke zurück und ging ins kleine Bad. Die Dusche war eng, das Wasser kalt, so wie er es mochte. Die Kälte half ihm beim Sortieren der Gedanken. Nach dem Duschen zog er sich an, schlüpfte in sein Hemd und den Pullover und verliess das Zimmer. Die

Schankstube roch nach gebratenem Speck und schwarzem Kaffee. Douglas Harrow stand wie jeden Morgen hinter dem Tresen, den Ellbogen aufgestützt, den Blick auf eine alte Zeitung gerichtet.

„Sie sehen aus, als hätten Sie keine gute Nacht gehabt", bemerkte er, und schaute kurz von seiner Zeitung auf.

„Nicht schlecht. Nur... voller Bilder."

„Dann sind Sie angekommen. In Tallow's End träumt keiner leicht."

Gideon setzte sich. Der Wirt brachte ihm ein einfaches Frühstück. Spiegeleier, Brot, Bohnen, Speck. Ein starker Kaffee dazu.

„Ich werde heute wieder zum Turm gehen", sagte Gideon. „Die Kirche und die Glocke. Ich bin noch nicht fertig dort."

Harrow sah ihn an, eine Weile lang, dann nickte er: „Wenn Sie der Spur folgen wollen... nehmen Sie etwas zum Essen mit. Manche Wege zurück sind länger, als man denkt."

„Ich hatte gehofft, Sie könnten mir ein kleines Lunchpaket zusammenstellen." Erwiderte Gideon, während er sein Frühstück ass.

„Gibt's selbstverständlich. Nichts Luxuriöses, aber genug, um durchzuhalten."

„Das reicht. Und eine Flasche Wasser, bitte."

„Ich geb Ihnen auch noch einen Flachmann mit Tee und et- was Schuss mit. Hält länger warm." Harrow grinste ihn da- bei schelmisch an.

Gideon lächelte knapp: „Sehr aufmerksam."

Harrow verschwand in der Küche. Als er ein paar Minuten später zurückkam, überreichte er Gideon eine schlichte Stofftasche mit zwei in Backpapier eingewickelte und dick belegte Brote, einer Flasche Wasser und dem versproche- nen Flachmann.

„Nicht alles, was draussen ist, zeigt sich gleich", murmelte der Wirt beim Hinausgehen. „Manches beobachtet, bis es sicher ist, dass Sie wirklich zuhören."

Gideon bedankte sich und sah ihm nach. Dann nahm er die Stofftasche und ging zurück in sein Zimmer. Er wollte erst am Nachmittag aufbrechen. Zuerst wollte er sich wieder bei Lea melden. Zurück in seinem Zimmer legte er die Ver- pflegung ordentlich in seinen, für solche Fälle mitgebrach- ten Rucksack, überprüfte noch einmal seine Taschenlampe und die Kamera. Die Bewegungen waren mechanisch, Rou- tine, die half seine innere Unruhe zu strukturieren.

Doch etwas arbeitete unbewusst in ihm. Die Träume, die roten Augen, die stumme Gestalt am Bahnsteig und auch Elsies Worte. Er nahm den Holzanhänger, welcher er von Pater Quinn bekommen hatte in die Hand. Das Holz fühlte sich warm und vertraut an. Er drehte ihn einen Moment in den Fingern und hängte ihn sich schliesslich unter dem Pul- lover um den Hals. Danach griff er zu seinem Handy, ent- sperrte es und wählte eine vertraute Nummer.

Es klingelte nur zweimal: „Guten Morgen, du Frühaufsteher", sagte Leas Stimme am anderen Ende. Warm, wach und irgendwie immer leicht lächelnd.

Gideon lehnte sich ans Fensterbrett: „Ich wäre lieber früher aufgewacht, aber die Nacht war… unruhig."

„Wegen der Ermittlungen?"

„Sagen wir… wegen dem Ort."

Ein kurzes Schweigen: „Magst du erzählen?"

„Ich hatte seltsame Träume, nichts Konkretes. Nur Bilder, ein alter Bahnsteig, eine umgekehrte Glocke, die nicht klingt und jemand… jemand, der mich anschaut.
Ich weiss, es klingt banal, aber es war... intensiv. Wie Erinnerungen aus einem Leben, das nicht meines ist."

„Du hörst dich nicht panisch an."

„Bin ich auch nicht. Nur... aufmerksam."

„Hast du wenigstens etwas schlafen können?"

„Ein paar Stunden. Ich hab mich auf meine Atemübungen konzentriert. Geführte Entspannung, kombiniert mit ein paar mentalen Ankern. Hat gereicht, um runterzukommen."

„Gut. Ich dachte schon, du stehst seit vier Uhr in irgendeiner Ruine."

„Noch nicht. Aber ich breche am Mittag zum alten Turm auf. Heute nehme ich mir mehr Zeit. Ich möchte den Ort bei Tageslicht und in den Abendstunden neu wahrnehmen, vielleicht ist mir gestern etwas entgangen."

„Und du gehst allein?"

„Wie immer, aber ich bin vorsichtig. Du kennst mich, ich renne nicht der ersten Krähe mit roten Augen hinterher."

Lea lachte leise: „Ich weiss. Aber trotzdem, pass auf dich auf. Und falls sich etwas nicht richtig anfühlt... dann verlässt du den Ort, ja?"

„Versprochen."

„Schreib mir später, ja? Egal wie kurz. Ich möchte wissen, dass du okay bist."

„Mach ich. Danke, dass du da bist."

„Immer."

Gideon legte nach der üblichen und liebevollen Verabschiedung auf und für einen Moment war es wirklich still. Keine bedrückende Stille, sondern eine die ihm half, sich zu fokussieren. Dann zog er seine Jacke an, griff er zu seinem Rucksack und verliess das Zimmer.

DER ATEM DES TURMS

Der Weg war derselbe und doch war etwas anders. Gideon fuhr erneut die schmale Strasse entlang, die ihn zum Rand des Hügels führte. Das Wetter war freundlich, der Himmel leicht wolkenverhangen, aber hell. Kein Regen und endlich Mal kein Nebel, der die Sicht einschränkte. Der Weg war unbefestigt und holperig. Er erkannte seine Reifenspuren vom Vortag im Gras.

In seinem Inneren spürte Gideon, dass der Ort sich verändert hatte. Oder war es er selbst? Vielleicht auch beides. Er parkte wie am Vortag am Schafgatter, stieg aus und schulterte seinen Rucksack. Der Flachmann mit Tee war sicher verstaut, ebenso die Verpflegung, die Lampe und die Kamera.

Er überquerte das Gatter, das unter seiner Hand leicht vibrierte. Wind, dachte er, aber da war kaum Wind. Der Pfad war derselbe wie gestern, ein schmaler, ausgetretener Weg durch das hügelige, grasbewachsene Gelände. Links und rechts die gleichen knorrigen Büsche, das flache Krächzen eines Rabenvogels in der Ferne. Und doch fiel ihm etwas auf.

Er blieb stehen. Ein Baum, eine niedrige Eiche, die er tags zuvor kaum beachtet hatte, war seltsam verstümmelt. Ein Ast fehlte, frisch abgebrochen, der Riss hell und splittrig. Am Stamm darunter erkannte er Kratzspuren.

Nicht tief, aber sie schienen eher gezielt als von einem Tier. Gideon machte ein Foto. Notierte sich die Stelle gedanklich und setzte den Weg fort. Je näher er dem Hügel kam, desto stiller wurde es. Nicht die typische Stille des Hochlands, sondern eine Art klingende Abwesenheit. Als würde etwas den Klang absaugen. Er sah sich um.

Ein kleiner Steinhaufen am Wegesrand, den er gestern nicht wahrgenommen hatte. Jemand hatte dort drei flache Steine übereinandergelegt. Auf dem obersten, ein eingeritztes Symbol. Ein Kreis, halbiert von einem Strich, daneben zwei Punkte. Ein einfaches Gesicht oder doch eine Markierung? Vielleicht eine Erinnerung von einem Kind, welches mit seiner Familie zum Glockenturm gewandert ist. Gideon berührte den Stein nicht. Er nahm ein weiteres Foto auf, dann ging er weiter. Als er den letzten Anstieg erreichte, sah er die Umrisse des Turms. Und obwohl er denselben Weg erst gestern gegangen war, spürte er heute, dass der Ort ihn kommen sah.

Das Überbleibsel des Turms ragte wie ein gebrochener Zahn in den Himmel. Er war schon lange eingestürzt, das Mauerwerk mit Pflanzen überwuchert, doch sein Schatten war geblieben und fiel jetzt, in der Nachmittagsstunde, quer über den schmalen Weg zur Kirche.

Gideon blieb kurz stehen, betrachtete das Gebäude, dann umrundete er die Ruine auf der windabgewandten Seite. Ein paar Meter abseits, zwischen zwei Findlingen fand er eine geeignete Stelle, um ein kleines Lager einzurichten. Die Steine boten Schutz und der Boden war hier trocken. Er legte seinen Rucksack ab, überprüfte Wasserflasche und trank einen Schluck Tee mit Schuss aus dem Flachmann.

Harrow hatte s gut gemeint, denn er musste Husten. Danach ass er eines der belegten Brote. Er wusste nicht, wann er heute wieder ans Essen denken würde und wollte gestärkt sein. Harrow hatte es auch mit den belegten Broten gut gemeint und die Sandwichs dick mit Schinken belegt. Danach lauschte er ein paar Minuten den Geräuschen um sich herum.

Er hörte nur die Laute der Natur. Normal und nichts Ungewöhnliches. Dann wandte er sich der Kirche zu. Der Eingang war einst aus hellem Sandstein gemauert worden, jetzt überwuchert von Moos und Zeit. Die doppelflügelige Tür fehlte. Zurückgeblieben waren nur rostige Angeln und ein verbogener Metallriegel. Gideon kniete sich langsam hin. Im feuchten Erdreich davor war eine Spur. Nur angedeutet, ein Abdruck, halb verwischt, aber eindeutig menschlich. Die Grösse ähnlich wie die beim Bahnhof. Aber tiefer und vielleicht frischer.

Daneben etwas, das wie ein gezacktes Muster wirkte, als hätte jemand mit einem Stock Linien in den Boden gekratzt. Aber sie endeten abrupt. Kein Symbol und kein Wort erkennbar. Er machte Fotos, mass die Tiefe des Abdrucks mit dem Zeigefinger. Dann trat er erneut in das verfallene Gebäude ein. Der Innenraum der Kirche war leer, wie am Vortag auch. Das Dach fehlte völlig. Der Boden war von Moos und Gras überwachsen. Nichts hatte sich offensichtlich verändert. Gideon betrat das Gemäuer trotzdem vorsichtig. Es roch nach feuchtem Holz, Erde und… Eisen.

An der linken Wand erkannte er verblasste Reste eines Wandbildes, kaum zu erkennen, aber Gideon glaubte, schemenhaft eine Gestalt mit erhobenem Arm zu sehen.

Nicht segnend, eher mahnend. Das Bild war ihm am Vortag nicht aufgefallen. Gideon stand eine Weile still im offenen Kirchenschiff. Er schaute sich das Bild an und fragte sich, wie er das übersehen konnte. Der Wind war stärker geworden, aber im Innern des Mauerwerks herrschte jene seltsame, dumpfe Stille, die keine akustische, sondern eine atmosphärische war. Er hatte sie gestern schon gespürt. Der Untergrund war uneben, das Moos weich unter seinen Schuhen. Er machte ein Foto von dem Wandbild, dann noch eines mit Blitz, um die Konturen besser zu erfassen. Er ging langsam weiter durch das kleine Kirchenschiff. Der Blick wachsam und ohne Eile. Er wollte sich Zeit nehmen und nichts verpassen. Warum hatte er das Wandbild gestern nicht bemerkt?

Ein einzelner Sonnenstrahl fiel noch durch das offene Dach genau auf den mittleren Gang. Staubpartikel tanzten im Licht. Gideon kniete sich nieder und begann, den Boden sorgfältig abzusuchen. Er liess die Handflächen über das Moos gleiten, suchte nach Unebenheiten, nach Rillen, nach etwas, das nicht… passte.

Und dann spürte er es. Ein flacher, harter Rand. Metall oder Stein? Er griff vorsichtig nach dem Taschenmesser in seiner Jacke und begann das Moos ringsherum zu lockern. Die Erde war vom Regen in der Nacht feucht, liess sich darum leicht anheben. Nach wenigen Minuten stiess er auf etwas Rundes. Ein Rand, der nur wenige Zentimeter aus dem Boden ragte, aber rund, mit leichtem Wulst. Wie eine Umrandung oder ein Teil… einer Glocke?

Gideon spürte eine leichte Aufregung in sich aufkommen. Er holte den kleinen Faltspatel aus seinem Rucksack, ein

Werkzeug, das er für kleinere Ausgrabungen nutzte und arbeitete sich weiter vor. Nach etwa einer halben Stunde war drei Viertel des etwa 120 cm grossen und kreisrunden Objekts freigelegt. Die Wölbung war eindeutig. Der Querschnitt entsprach exakt dem unteren Rand einer Glocke. Sie war nicht aus Metall. Es fühlte sich an wie Stein, verwittert aber fest.

Gideon setzte sich aufrecht hin. Er atmete ruhig und versuchte sich zu beruhigen. Dann nahm er sein Notizbuch zur Hand und schrieb nur einen einzigen Satz:

„Ich habe sie gefunden. Sie liegt unter der Kirche, umgekehrt mit der Öffnung nach oben."

Er sah sich vorsichtig um. Er war immer noch allein und doch hatte sich etwas verändert. Er spürte einen Luftzug, der nicht zum Wind gehörte. Ein Kältestreifen entlang seines Nackens. Dann eine Art dumpfer Ton. Nicht laut und eher in seinem Kopf als in der Wirklichkeit. Ein tiefes, dumpfes Vibrieren, als hätte der Boden für einen Sekundenbruchteil geklungen.

Gideon hockte vor dem freigelegten Glockenrand. Sein Blick war ruhig, aber in seinem Kopf arbeiteten die Gedanken schneller als seine Hände. Es war eine Glocke, daran bestand kein Zweifel. Aber sie lag nicht einfach verschüttet da. Sie war vergraben worden. Vermutlich schon vor Jahrzehnten, vielleicht Jahrhunderten. Und sie lag... mit der Öffnung nach oben.

Gideon erinnerte sich an Elsies Worte:

„Man sagt, sie hing früher... andersherum. Mit der Öffnung nach oben. Als Zeichen."

Ein Zeichen wofür? Dass etwas darunter schlief? Oder dass nichts herausdringen sollte?

Er stützte sich auf die Knie, liess den Blick über die Ruine gleiten. Nichts an diesem Ort war sakral. Nichts an diesem Ort wollte Trost spenden. Im Gegenteil, es war, als hätte jemand absichtlich versucht, jede christliche Symbolik zu löschen. Kein Kreuz, kein segnendes Bild und kein Altarstein.

Nur diese verblasste mahnende Gestalt auf dem Bild an der Wand, die ihn hinweisend ansah. Und unter seinen Füssen das vergrabene Herz des Ortes, die Glocke. Gideon fuhr sich mit der Hand über den Nacken. Die Kälte dort war geblieben, ein dünner Hauch wie von etwas, das aus der Tiefe atmete. Er dachte an den Schweiger der Glocke und an seine Träume. An die rote Glut in den Augen. An die verwaschenen Worte, die ihm in der Nacht geblieben waren: „Er hat es gesehen..."

Und dann wieder in der Wirklichkeit die Worte von Elsie, wie sie mit seltsam klarer Stimme gesagt hatte: „Kein Kult. Die Glocke dort, sie gehörte nie der Kirche. Sie wurde nie geweiht."

Ein eher antichristliches Symbol. Ein Ritual, das etwas bannen sollte. Die Öffnung nach oben, vielleicht als Gefäss, oder als Maul? Ein Zittern durchlief ihn, nicht aus Angst, sondern aus einer Ahnung. Etwas an diesem Ort war aktiv.

Und Gideon hatte es vielleicht geweckt oder war gekommen, weil es ihn gerufen hatte.

Er kniete einige Minuten über der entdeckten Steinglocke. Die Luft um ihn herum wirkte dichter geworden und schwerer. Als hätte der Ort selbst begonnen, den Atem anzuhalten. Dann, ein Geräusch hinter ihm. Nur ein Knacken, fast wie der Laut eines Tiers, das sich durch Laub bewegt. Gideon richtete sich auf, fuhr herum. Dann erkannte er im halbdunkel ein Gesicht. Nur für den Bruchteil einer Sekunde. Alt und faltig, zerfurcht wie uraltes Leder. Die Augen funkelten, nicht böse, eher wissend. Und dann ein Hauch. Etwas wurde ihm ins Gesicht geblasen. Fein und trocken, wie zerstossene Asche.

Gideon wich zurück, hustete, versuchte, die Luft anzuhalten, aber es war zu spät. Ein Brennen in den Augen, danach ein Pochen im Schädel. Die Welt drehte sich plötzlich. Er blinzelte, versuchte, die Gestalt zu fixieren, aber sie war nur ein dunkles Schemen. Ein Schatten der zwischen den verfallenen Mauern stand. Er taumelte rückwärts, wollte etwas sagen, aber die Worte verliessen seinen Mund nicht. Seine Knie gaben nach und der Boden kam näher. Dann Dunkelheit und nichts.

*

Ein Wimmern aus der Tiefe seines Bewusstseins weckte ihn wieder auf. Er wusste nicht, wie lange er ohnmächtig war. Ein Geräusch, oder war es nur der Nachhall seines eigenen Atems? Er war zwar wieder wach, aber gefangen in seinem Körper. Sein Kopf pochte, der Mund war trocken und sein Magen rebellierte. Er lag noch immer auf dem Boden der

Kirchenruine. Das Gras fühlte sich kalt an unter seiner Wange. Er versuchte, sich zu bewegen, aber... nichts. Die Arme und Beine waren taub. Nur seine Augen konnte er öffnen. Langsam und mühsam. Über ihm der dunkle Himmel, an welchem ein Nebelschleier vorbeizog. Die Mauerreste wirkten aus seiner Perspektive höher als zuvor und leicht verzerrt. Gideon bewegte den Kopf, es ging nur zentimeterweise. Ein leichtes Zucken ging durch seinen Nacken. Die Kontrolle kehrte nur langsam zurück, aber der Körper blieb wie aus Blei. Er war zwar nicht gefesselt, aber vollkommen hilflos. In seinem Geist formten sich erste klare Gedanken: *Was war das für ein Pulver? Wer war das? Und warum?* Und dann eine Erkenntnis. Er war nicht allein, jemand beobachtete ihn.

Die Luft roch nach Rauch. Ein dumpfer, harziger Duft, durchzogen von einem süsslichen Hauch, wie von verbranntem Kraut. Dann bemerkte er das Flackern. Weiches, warmes Licht, das an den verfallenen Steinmauern tanzte, sich brach und Schatten warf, die sich bewegten wie geisterhafte Finger.

Gideon blinzelte, versuchte erneut, den Kopf zu drehen. Ein Zucken durchlief seinen Nacken, dann ein Ziehen und ein Schmerz, aber er schaffte es. Ein paar Meter entfernt, genau innerhalb des von ihm freigelegten Glockenrings, brannte ein Feuer. Kein grosses und kein wildes, eher ein stilles und gemächliches Flammenbild. Und er erkannte eine Gestalt, die vor dem Feuer sass und ihn den Rücken zuwandte.

Nur ein leises, rhythmisches Murmeln war zu hören, wie eine fremde Sprache, oder ein altes Gebet. Gleichmässig wie ein Herzschlag. Die Gestalt trug einen langen, dunklen Umhang. Kein moderner Stoff. Etwas Dickes, Schweres, vielleicht handgewebt. Der Stoff schimmerte leicht im Flackern der Flammen, nicht metallisch, eher feucht, wie altes Ölzeug. Die Kapuze war tief ins Gesicht gezogen.

Gideons Atem wurde langsam flacher. Er versuchte eine entspannende Atemübung zu machen. Er wollte sprechen und sich bewegen, aber sein Körper gehorchte ihm nicht. Nur die Augen und der Kopf. Er zwang sich zur Ruhe. *Analysiere. Ordne. Atme.*

Der Ring und die Glocke. Das Feuer in ihrem Innern. Die murmelnde Gestalt. War das ein Ritus, in welchen er hineingeraten war? Was geschah hier?

Dann ging ein Rucken durch die Gestalt und sie richtete sich langsam auf. Sie verharrte für einen Moment, als lausche sie. Langsam drehte sie sich dann um. Gideon hielt unwillkürlich den Atem an. Ein Gesicht erschien im flackernden Feuerschein. Alt und zerfurcht, wie aus einer anderen Zeit. Die Haut lederartig, von tiefen Linien durchzogen, die mehr aussahen wie eingeritzte Runen denn wie Falten. Die Augen dunkel, mit einem milchigen Schimmer und doch mit einer gewissen Klarheit.

„Du hast sie gefunden." Ihre Stimme war rau. Nicht laut, aber sie schnitt durch die Luft wie ein Messer durch Wasser. Gideons Herz schlug unwillkürlich schneller. Er versuchte etwas zu sagen, aber nur ein schwaches Stöhnen kam über seine Lippen. Die Gestalt trat näher. Nicht bedrohlich, aber so, wie jemand, der weiss, dass er bereits gesiegt hat.

Sie kniete sich neben ihn, sah ihn an: „Du bist der Erste, der es wirklich verstanden hat." Und dann ein leises kichern. Gideons Gedanken drehten sich. Er kannte die Stimme, konnte sie aber in seinem Zustand nicht einordnen. Er versuchte sich erneut zu beruhigen.

Die Gestalt hockte sich neben ihn, reglos wie ein Schatten im Feuerschein. Gideon spürte, dass sein Bewusstsein klarer wurde und der Druck im Schädel liess nach, das Schwindelgefühl ebbte ab. Aber der Körper blieb träge. Ein Gefängnis aus Fleisch. Die Gestalt vor ihm neigte leicht den Kopf, beobachtete ihn mit einem Blick, der so alt wirkte, dass er nicht mehr zwischen Wohlwollen und Bedrohung unterschied.

Dann sagte sie ruhig: „Das Pulver ist nicht gefährlich. Es ist alt. Ein Rezept, überliefert vom Anbeginn der Zeit. Von Hand zu Hand. Von Mund zu Mund. Von Hexe zu Hexe."

Gideons Herz pochte wieder schneller. Die Stimme und der Klang, er kannte sie. Sein Blick glitt über die eingefallenen Züge, die Runen aus Falten, die Kapuze, die den Schatten warf. Das Lächeln. Er erinnerte sich an eine Bank. An einen alten Baum und bitteren Tee. An Augen, die viel gesehen hatten und nichts vergassen. Sein Mund öffnete sich leicht und ein Hauchen entglitt ihm: „Elsie..."

Die alte Frau lächelte: „Sehr gut, Gideon. Du bist noch schneller, als ich dachte." Sie erhob sich langsam, trat zurück, direkt ins Flackern des Feuers, ihre Silhouette war grotesk und doch würdevoll, wie eine Erscheinung aus einem vergessenen Märchen. Die Flammen schienen ihr nichts anzuhaben.

„Du hast die Glocke gefunden. Du hast die Zeichen gesehen. Du hast ihn gespürt, den Schweiger." Sie drehte sich leicht zur Seite und verliess den Ring mit den Flammen wieder.

„Er spricht nicht mit vielen. Nur mit denen, die ihn hören können."

Gideons Gedanken rasten. Elsie, die Frau, die ihm von der Stille und der Glocke erzählt hatte. Von zwei Ebenen der Wahrnehmung. Von dem, was vor der Kirche hier oben war und nun war sie hier. In der Mitte des Rings, als wäre sie es schon immer gewesen.

Das Feuer knisterte gleichmässig im Innern des freigelegten Glockenrings. Die Flammen warfen lange, zuckende Schatten über die moosbedeckten Steine der Ruine. Elsie stand wieder mit dem Rücken zu Gideon, das Gesicht leicht zur Seite gedreht, als lausche sie auf eine Stimme, die nur sie hören konnte. Dann sprach sie. Ihre Worte waren wie Tropfen aus einer sehr alten Quelle: „Der Name, den ich trage, ist für euch Elsie. Aber das ist nicht mein Name."

Gideon, dessen Körper langsam aus der Lähmung zurückkehrte, konnte nun den Kopf ein wenig anheben. Seine Augen blieben auf die Gestalt am Feuer gerichtet.

„Mein Name… mein wahrer Name…wurde mir gegeben, bevor eure Zeit begann. Ich war da, als die Glocke zum ersten Mal verstummte, als das Schweigen begann." Sie drehte sich langsam zu ihm um. „Ich war da, als man versuchte, das, was hier erwacht war, zu bannen. Nicht mit Kreuzen und nicht mit Gebeten, sondern mit Vergessen."

Sie trat wieder etwas näher an Gideon heran, ihre Bewegungen bedächtig, fast rituell: „Ihr nennt es Hexerei. Wir nannten es Wissen. Gebunden an die Erde, Stein und Blut."

Gideon schluckte trocken. Seine Lippen bewegten sich: „Was… bist du?" krächzte er kaum verständlich.

Ein Lächeln umspielte ihre spröden Züge ohne Spott und ohne Stolz: „Ich bin eine Wächterin. Eine von wenigen, die geblieben sind. Ich gehöre nicht zu einer Linie, wie ihr sie euch vorstellt. Wir wählen nicht, wir werden gerufen. Ich habe auf diesen Ort aufgepasst, seit Generationen von Menschen kamen, gingen und vergassen."

Gideons Blick flackerte, als sich erste Gefühl in seinen Fingern regte. Elsie bemerkte es. Sie neigte leicht den Kopf. „Die Wirkung lässt nach. Ich wollte nur sicherstellen, dass du bereit bist, zuzuhören, ohne zu fliehen. Ohne sofort alles zu zerlegen, wie ein Mechanismus." Sie setzte sich auf einen alten, bemoosten Stein in seine Nähe, sah ihn direkt an: „Du verstehst, was diese Glocke ist, nicht wahr?"

Gideon antwortete mit schwacher und leiser Stimme: „Ein Symbol. Etwas, das schweigt… anstelle von etwas anderem."

Sie nickte bedächtig: „Sehr gut. Sie ist nicht zum Rufen gedacht, sondern zum Vergessen und zum Schweigen. Nicht für euch. Für das, was ihr nicht erinnern sollt."

Ein Windstoss fuhr durch die Ruine. Das Feuer flackerte kurz hoch, warf für einen Moment ein Bild an die Mauer hinter ihr, einen Schatten, lang und seltsam proportioniert. Nicht wirklich menschlich. Gideon erschrak und erkannte, dass Elsie etwas anderes war. Nichts Böses, aber auch nichts wirklich Gutes. Er fühlte, wie die Muskeln in seinen Armen zu zittern begannen, das Leben kehrte langsam zurück. Er fragte leise: „Und warum… ich?"

Elsie sah ihn an: „Weil du fragst und weil du zweifelst. Und weil du in der Lage bist, zwischen dem zu unterscheiden, was gesehen wird und dem, was gesehen werden will. Die meisten sehen nur das, was sie kennen."

Sie lächelte wieder: „Du hast den ersten Blick gewagt. Nun wird die zweite Stille mit dir sprechen."

Gideon bewegte nun langsam die Finger seiner rechten Hand. Taub, zitternd, aber lebendig. Die Lähmung wich Stück für Stück, so als hätte sein Körper lange geschlafen und wache erst jetzt, vorsichtig, wieder auf. Elsie hatte das Feuer im Blick. Ihre Silhouette wurde vom Glimmen der Flammen umrissen, wie eine Statue aus Zeit und Nebel: „Du willst wissen, was mit dem Mann passiert ist."

Gideon schwieg, aber sein Blick antwortete für ihn.

Sie fuhr fort, ohne sich umzudrehen: „Er war auch ein Suchender, aber nicht wie du." Sie hob eine Hand erklärend: „Er kam mit einer Kamera. Mit einem Ziel. Er wollte Beweise. Etwas, das man festhalten, verkaufen, präsentieren kann. Er war auf der Jagd nach einem Spektakel."

Ein Windstoss fuhr durch die Ruine. Asche aus dem Feuer wurde aufgewirbelt, tanze kurz wie graue Schneeflocken zwischen den Steinen.

„Der Schweiger prüft jeden, der diesen Ort betritt. Er prüft das, was du in dir trägst."

Sie drehte sich wieder zu Gideon um. Ihre Augen wirkten grösser im Feuerschein, tiefer, wie Wasser, das zu still ist, um wirklich ruhig zu sein.

„Der Mann... bestand die Prüfung nicht. Er wollte sehen, aber nicht verstehen. Er wollte offenbaren, was verborgen bleiben sollte."

Gideons Stimme war rau, kratzig, aber immer besser verständlich: „Was... ist mit ihm geschehen?"

Elsie blickte ihn lange an. Dann antwortete sie nur: „Der Schweiger hat ihm den Verstand genommen. Nicht aus Rache oder Zorn, aus Schutz." Sie kniete sich wieder neben ihn. Ihre Stimme war nun abermals leise, wie eine Melodie, die man im Innersten hört: „Man kann nicht alles aufdecken. Manches muss verschlossen bleiben, weil Erinnerung ein Gewicht hat. Und nicht jeder ist geschaffen, es zu tragen."

Gideon senkte leicht den Kopf. Die Worte hallten in ihm nach, wie ein ferner Glockenschlag, der nie erklungen war. Die Kamera und die Zeichen. Die Spur, die er gefunden hatte. Alles war da, und doch... war der Mann verschwunden. Nicht gestorben, aber offenbar vergessen. Er sah Elsie wieder an. Ihre Miene war ernst und zugleich voller Ruhe.

„Du meinst... er lebt noch?" krächzte Gideon.

Ein leiser Wind strich durch die Maueröffnung. Elsie antwortete nicht, sie lächelte. Ein stilles, leicht trauriges Lächeln.

IM SCHATTEN DER RUINEN

Das Feuer war mittlerweile fast niedergebrannt, bestand nur noch aus Glut. Ein rotes, glimmendes Herz inmitten des vergrabenen Glockenrings. Der Himmel über der Ruine schien dunkler geworden zu sein. Gideon sass nun aufgerichtet, den Rücken an eine Mauer gelehnt und konnte nicht sagen, wie lange er schon so da sass. Die Lähmung war fast verschwunden, aber sein Körper fühlte sich an, als hätte er stundenlang in kaltem Wasser gelegen.

Elsie, oder das, was einmal Elsie Cartwright genannt wurde hockte am Rand der Glut, die Hände vor den Knien gefaltet, der Blick wach, aber in sich gekehrt.

Gideon sprach zuerst: „Die Nachricht. Der Umschlag. Wer… hat sie mir geschickt?"

Elsie nickte kaum merklich. Dann antwortete sie, ruhig, als spräche sie über etwas, das längst Vergangenheit war: „Der Mann. Der, den du gesucht hast. Er hinterliess den Umschlag im Auftrag von mir."

Gideon starrte sie an: „Aber… warum? Wenn er… nicht mehr bei Verstand war?"

Ein feines Lächeln umspielte Elsies Lippen: „Er hatte seinen Verstand noch nicht ganz verloren. Noch nicht, aber der Schweiger war bereits bei ihm."

Gideon fröstelte: „Du meinst… er war… besessen?"

„Nein. Der Schweiger besitzt nicht. Er… prüft und über-wacht."

Sie stand langsam auf, trat aus dem Licht der Glut, näher zu Gideon: „Er ist eine Manifestation. Ein Schattenwesen, geboren aus der Stille der Glocke. Er steht zwischen Leben und Tod."

Gideon sah sie an. Ihre Stimme war ruhig, fast liebevoll: „Ich habe ihn gerufen, als ich spürte, dass jemand kam, der mehr wollte als verstehen. Der nehmen wollte, was nicht genommen werden darf."

Gideon senkte den Blick. Die Bilder, die Andeutungen… es ergab Sinn: „Warum hast du ihn dann losgeschickt? Mit dem Umschlag?"

„Weil der Schweiger in ihm noch etwas sah. Einen Rest Klarheit. Etwas, das noch… weitergegeben werden konnte. Ein letzter Auftrag. Er wusste nicht mehr, was er tat, aber seine Hände wussten es."

Gideon schluckte: „Und was ist… der Schweiger genau?"

„Er ist das Gewicht des alten Wissens, wenn es sich sam-melt."

Gideons Stimme war heiser: „Er ist nicht böse?"

„Nein.", sagte Elsie, „Er ist nur alt. Älter als Worte."

Gideon schwieg einen Moment. Der Wind hatte nachgelassen. Die Stille über der Ruine war fast vollkommen. Nur das leise Knistern der letzten Glut. Dann hob er den Kopf: „Warum… werde ich geprüft? Ich bin kein Dieb und kein Profiteur. Ich suche nur… Wahrheit."

Elsie drehte sich langsam zu ihm um. Ihr Blick war weder hart noch weich, jedoch durchdringend, wie kaltes Licht: „Und genau darum wirst du geprüft. Weil du fragen kannst, ohne zu verlangen. Weil du bereit bist, zu verstehen und nicht nur zu sehen."

Gideons Hals schmerzte: „Und wenn ich scheitere? Wenn ich… nicht bestehe?"

Ein dunkler Schatten glitt über Elsies Gesicht: „Dann wirst du vergessen. Nicht das von anderen, aber das von dir selbst. Der Schweiger nimmt, was zu viel ist und manchmal ist es das… das Ich."

Gideon senkte den Blick. Er verstand. Das Geheimnis des Ortes war nicht das Gestein, sondern das, was Stein, Erde und die Glocke verbargen. Er atmete tief durch.

„Und der Mann… der den Umschlag hinterlassen hat…was ist mit ihm? Ich muss es wissen. Die Polizei, sie wird mich fragen. Es muss eine Erklärung geben, irgendetwas."

Elsie schwieg einen Moment. Dann trat sie einige Schritte zur Seite. Sie blickte über die Ruine hinweg, zu den Hügeln jenseits des Pfades: „Er lebt, aber nicht hier. Nicht mehr… in der Welt, wie ihr sie begreift."

Gideon sah sie erstaunt und irritiert an. Er konnte mit der Antwort nicht viel anfangen.

Elsie fuhr fort: „Sein Körper wanderte weiter, ziellos. Wie ein Schatten, der weiss, dass er kein Licht mehr hat." Sie sah Gideon direkt an: „Er ist dort draussen. Er atmet, aber sein Geist… ist nur noch ein Echo. Ein Hall in einer Glocke, die nie wieder schlagen wird."

Gideon schüttelte den Kopf und spürte, wie ihn wieder leichter Schwindel überkam: „Ich kann das niemandem erklären, ich brauche eine klarere Antwort."

Elsie trat wieder näher an die verebbende Glut: „Du sollst es auch nicht. Nicht mit Worten, aber du wirst wissen, wo er ist, wenn die Zeit kommt. Du wirst ihn sehen und du wirst es erkennen."

Gideon sah Elsie lange an. Ihre Worte waren deutlich gewesen und doch liess sie etwas offen. Er spürte, dass sie mehr wusste, als sie ihm sagte: „Du weisst, wo er ist.", sagte er leise, „aber du wirst es mir nicht sagen."

Elsie schwieg. Ihr Blick war abwägend. Dann wandte sie sich wieder dem Glockenring zu, der nun im Zwielicht kaum noch vom Boden zu unterscheiden war. Gideon atmete tief durch. Seine Stimme war wieder ruhig und kontrolliert: „Dann… sag mir etwas anderes. Die Glocke. Warum liegt sie dort? Warum… umgekehrt?"

Elsie stand reglos vor der Glut, als überlegte sie, wie weit sie ihn nun blicken lassen sollte.

Dann sprach sie, langsam, fast feierlich: „Sie ist das Siegel. Das Gegengewicht. Nicht zum Läuten gedacht, zum Bannen."

Sie ging einen Schritt auf den Ring zu, ihre Füsse berührten beinahe den Ring, der noch immer im Erdreich lag. Von jahrhundertealtem Staub geschwärzt.

„In alten Zeiten glaubte man, Glocken könnten Geister vertreiben. Sie klangen... um zu reinigen. Aber manche Glocken...waren nie dafür gedacht, zu klingen."

Gideon stand nun ebenfalls langsam auf. Der Schwindel war noch nicht ganz verschwunden, seine Muskeln zitterten leicht, aber er konnte sich bewegen: „Du meinst... diese hier?"

„Sie wurde nicht hergestellt, um zu warnen. Eher um zu schweigen. Um das Schweigen zu halten. Sie wurde vergraben mit dem Mund nach oben. Damit das, was darunter ist, nicht mehr in die Welt dringen kann."

Gideon trat langsam näher: „Was ist darunter?"

Elsies Blick blieb ruhig, aber fest, als sie weiter erklärte: „Erinnerung. Fragmente von Wissen, das nicht alle tragen können. Kein Dämon, Gideon, etwas Älteres."

Sie sah ihn nun wieder direkt an: „Du denkst in Begriffen, aber nicht alles, was ist, hat einen Namen, oder einen Ursprung, den ihr begreifen könnt."

Gideon senkte den Blick auf den steinernen Rand der Glocke. So unscheinbar. So still und doch… das Zentrum aller Fragen.

„Wurde sie… jemals geläutet?" Elsie schloss für einen Moment die Augen. Dann flüsterte sie: „Ein einziges Mal und seitdem…hört sie nur noch zu."

Gideon stand einen Moment lang schweigend neben dem freigelegten Glockenring und Elsie. Nur das schwache Glühen der Glut und der klare Sternenhimmel hielten die Dunkelheit auf Abstand. Er setzte sich wieder auf den flachen Stein, der ihm vorher als Stütze gedient hatte. Die Kälte kroch durch seine Kleidung, aber er spürte sie kaum. Seine Gedanken rasten, waren laut wie ein Sturmwind, aber er liess sie zu. Elsies Worte, die Prüfung, der Schweiger, die Glocke und der Mann.

Er dachte an das verlassene Bahnhofsgebäude. An die Spuren und an den Schatten mit den roten Augen. An das Gefühl, beobachtet zu werden, auch jetzt. Elsie hatte sich ebenfalls wieder gesetzt. Sie schien nicht zu frieren.

Nach einer Weile durchbrach Gideon die Stille: „Was… soll ich mit all dem Wissen jetzt machen?"

Elsie sah nicht auf: „Bewahren. Nicht besitzen und nicht erklären, nur tragen."

Gideon sah sie fragend an: „Ich kann das nicht einfach… für mich behalten. Da draussen warten Fragen. Menschen, ein Vermisster. Eine Wahrheit, so schwer sie auch sein mag."

Elsie hob nun den Blick. Ihre Augen wirkten nun dunkler als zuvor, oder lag es nur am Licht?

„Es ist nicht deine Aufgabe, sie alle zu überzeugen. Nur, die Wahrheit zu verstehen. Und sie dort zu teilen, wo man sie hören kann."

Gideon presste die Lippen zusammen: „Sag mir... bitte...wo ist der Mann?"

Elsie schwieg erneut einen Moment. Dann stand sie auf, langsam, wie ein uralter und eingeübter Apparat. Sie sah ihn lange und eindringlich an. In ihren Zügen lag etwas Neues...Respekt.

„Wenn du bereit bist... wirst du ihn finden. Aber nicht, wenn du ihn suchst." Sie ging zwei Schritte zur Seite, deutete in Richtung der Hügel, dort, wo sich im Zwielicht nur Schatten an Schatten reihten: „Er wandert noch. Er sieht nicht mehr, aber er erinnert sich an das, was war. Vielleicht erkennt er sich, vielleicht auch nicht."

Gideon schloss kurz die Augen. Er fühlte, wie schwer das Gewicht des Moments war und dass er ihn trotzdem tragen konnte: „Und der Schweiger?", fragte er noch.

Elsie antwortete ruhig: „Er hat dich geprüft. Du hast bestanden."

Elsie stand nun vollständig im Schatten des Glockenrings. Das Feuer war erloschen. Nur einzelne schwache und kleine Glutnester flackerten noch unter einer dünnen Schicht Asche.

Ihre Gestalt war kaum mehr vom Hintergrund zu unterscheiden. Nur ihre Stimme war noch deutlich zu hören, wie aus einer anderen Sphäre: „Ich habe dir gegeben, was ich geben konnte. Der Rest liegt nun bei dir."

Gideon sah zu ihr auf, wollte etwas sagen, doch sie hob eine Hand: „Du brauchst keine Erlaubnis. Nur Achtsamkeit, mit wem du dein Wissen teilst."

Sie trat einen Schritt zurück, die Schatten verschluckten ihre Konturen: „Von mir… oder von der Glocke… geht keine Gefahr aus. Solange man sie ruhen lässt. Solange man nicht vergisst, dass sie schweigt… für etwas. Lebe wohl Gideon Blake." Noch ein kurzes Wispern, oder war das bereits der Wind? Dann war sie verschwunden. Verschmolzen mit der Dunkelheit.

Gideon nickte kaum sichtbar. Die Luft um ihn war kalt, doch sein Inneres brannte. Er hockte lange Zeit einfach nur da. Er wusste nicht wie lange, eine halbe Stunde, eine Stunde oder zwei? Dann nahm er sein Notizbuch aus der Jackentasche und notierte mit zitternden Fingern:

Fallnotiz 12 – Die steinerne Glocke
Ort: Ruine oberhalb von Tallow's End
Zeit: Nacht

Beobachtungen & Erkenntnisse:
Der Mann, den ich suchte, war real und ist es noch. Er brachte mir die Nachricht unter dem Einfluss einer Macht, die ich nicht vollständig begreife. Elsie nennt sie den Schweiger. Der Schweiger ist keine Entität im klassischen Sinne. Kein Dämon und kein Geist. Eine Manifestation uralten Wissens, eine Prüfung.

Die Glocke ist ein Siegel. Sie wurde vergraben, nicht geläutet. Ihre Öffnung zeigt nach oben. Ihre Funktion ist Schweigen. Elsie... ist nicht, wer sie zu sein schien. Oder besser gesagt: nicht nur. Sie ist alt. Sehr alt. Eine Bewahrerin. Keine Feindin.

Persönliche Einschätzung:
Ich habe mehr Fragen als Antworten, aber ich weiss nun, was ich nicht tun darf: Die Glocke wecken, oder sie vergessen. Ich glaube, dass der vermisste Mann noch lebt. Doch er wandert ohne Ziel, ohne Stimme. Wenn ich ihn finden soll, werde ich es tun.

Gideon schloss das Notizbuch mit einem sanften Klappgeräusch. Er steckte es zurück in seine Jackentasche, richtete sich auf und liess den Blick über das Innere der Ruine schweifen. Ein kühler Hauch fuhr über das offene Mauerwerk. Er griff nach der Taschenlampe, klickte sie an und der schmale Lichtstrahl schnitt durch die Dunkelheit wie ein Messer durch Nebel. Zuerst richtete er ihn auf die Stelle, an der das Feuer gebrannt hatte. Zwischen den Steinen, im Innern des Glockenrings... doch da war nichts.

Kein Rauch und kein Glutrest. Nicht einmal Aschereste. Nur feuchter, mit Moos durchsetzter unberührter Boden. Gideon trat näher. Er leuchtete direkt dorthin, wo eben noch die Glut geglimmt hatte. Kein Abdruck und kein Russ und... kein Glockenring.

Er runzelte die Stirn. Drehte sich langsam um. Der Glockenring, der Rand aus dunklem Stein, den er mühsam freigelegt hatte war verschwunden. Er kniete sich nieder, tastete mit der freien Hand über den Boden. Nur Gras, Moos und unversehrte Erde. Als hätte nie jemand gegraben. Als wäre nie etwas vergraben gewesen.

Gideons Atem ging schneller und sein Herz pochte laut. Er stand auf, schwenkte das Licht über den gesamten Innenraum der Kirche. Die Wand, an der das verblichene Bild einer mahnenden Gestalt gewesen war… nichts. Nur blanke, feuchte Mauer. Kein Schatten und kein Rest von Farbe. Kein einziges Pigment, ausser verwittertes Mauerwerk. Sein Herz schlug noch schneller. Nicht aus Angst, sondern aus… Betroffenheit. Er drehte sich im Kreis, suchte nach Spuren. Aber alles, was er sah, war wie am Abend bevor alles begonnen hatte. Er hörte nur das Rascheln seiner Schritte auf dem feuchten Boden. Hastig kramte er seine kleine Digitalkamera hervor. Die Bilder von der Wand zeigten nur eine leere Wand, kein Bild…

Es blieb nur die klare Nacht, das Rufen einer fernen Eule. Alles andere war verschwunden. Ein leiser, kalter Wind strich an ihm vorbei, als ob die Luft selbst sagen wollte: *Es ist vorbei.* Er senkte die Lampe. Spürte, wie sich seine Gedanken überstürzten. War es das Pulver? War es ein Halluzinogen? Ein böser Traum? Aber nein.

Er griff in seine Tasche, zog das Notizbuch hervor. Blätterte zurück. Die Worte waren da. Seine Handschrift und seine Beobachtungen. Die Tiefe der Einsicht, das hätte er nicht träumen können. Und am Boden lag auch der kleine Klappspatel, mit dem er den Glockenring freigelegt hatte. Er war schmutzig und sah benutzt aus.

„Es war echt.", flüsterte er. Dann hob er den Blick in die sternenklare Nacht. „Ich weiss nicht, wie echt es war. Aber es ist passiert und ich habe es erlebt."

Er verliess die Kirchenruine, nahm seinen Rucksack und drehte sich ein letztes Mal um. Er blickte auf die schwarzen Silhouetten der Turmreste und der verfallenen Kirche, dann ging er. Schritt für Schritt, langsam, den Pfad zurück, den er gekommen war. Er erreichte seinen Range Rover und stieg in das Fahrzeug.

Die Fahrt zurück ins Shepherd's Hollow war ruhig. Gideon hing seinen Gedanken nach. Nur das leise Surren des Motors und das Knacken des frostigen Feldwegs unter den Reifen. Gideon erreichte das Gasthaus kurz nach Mitternacht. Der kleine Parkplatz vor dem Gebäude war fast leer. Nur zwei Fahrzeuge standen dort. Kein Licht mehr in den Fenstern. Nur der schwache Schein der alten Strassenlaterne, der sich über den unbefestigten Parkplatz legte.

Er stieg aus. Leise und fast ehrfürchtig. Die hölzerne Tür zum Gastraum war unverschlossen. Er öffnete sie vorsichtig und ein leises Knarren begrüsste ihn. Drinnen war alles in Dunkelheit gehüllt. Der Kamin war längst erloschen, die Tische leer, die Stühle ordentlich hochgestellt. Der Geruch von altem Holz, etwas Staub und einer Ahnung von Pfeifentabak hing in der Luft. Alles schlief, bekam nichts von seiner späten Rückkehr mit. Gideon ging langsam die knarzende Treppe hoch in den ersten Stock. Sein Zimmer lag am Ende des Flurs. Er öffnete es lautlos, trat ein und schloss die Tür hinter sich. Im Raum war es kühl, aber nicht unangenehm.

Er liess seinen Rucksack zu Boden gleiten, zog die Jacke nicht aus. Stattdessen setzte er sich auf die Bettkante, die Schultern gesenkt. Er sass lange einfach so da. Die Bilder der Nacht zogen durch seinen Geist, die Glocke, Elsie, die Schatten, der Ring und das plötzliche Verschwinden…

Sein Verstand suchte nach Logik. Aber er wusste längst: Logik allein reichte nicht. Er griff nach seinem Notizbuch, schlug es auf, und schrieb, langsam, aber konzentriert.

Fallnotiz Eintrag 13 – Das Ende der Prüfung
Ort: Gästezimmer, Shepherd's Hollow
Zeit: 01:46 Uhr

Zustand: körperlich erschöpft, geistig klar. Die Ruine ist nicht mehr, was sie war. Die Spuren – verschwunden. Der Glockenring – nicht auffindbar. Keine Asche, keine Glut, kein Symbol. Der Ort hat sich… zurückgezogen.

Habe ich geträumt? Wurde ich manipuliert? War es das Pulver? Die Erkenntnisse bleiben und das Gefühl bleibt. Der Schweiger war real. Elsie war real, auch wenn sie vielleicht nie „nur Elsie" war.

Ich wurde geprüft und ich glaube: Ich habe bestanden. Ich werde nicht alles erzählen können, aber ich werde wissen, wem ich was zu sagen habe und wann es besser ist zu schweigen.

Er legte das Buch beiseite. Der Stift fiel ihm leise aus der Hand auf die Decke. Er atmete durch, dann überkam ihn die Müdigkeit. Keine plötzliche Erschöpfung, sondern ein bleiernes Gewicht, das ihm langsam die Glieder lähmte.

Er schob sich langsam und schon fast schlafend rücklings aufs Bett, ohne sich umzuziehen. Zog die Beine an, liess den Blick zur Decke wandern. Sein letzter Gedanke war ein leises Echo: *„Die Glocke schweigt, aber ich habe sie gehört."* Dann fielen ihm die Augen zu und versank in einen tiefen, traumlosen Schlaf.

JENSEITS DES SCHWEIGENS

Ein bleicher Morgen streckte seine ersten Lichtfinger durch das kleine Fenster seines Zimmers. Der Himmel war hellgrau, als hätte jemand Kreide über das Blau gestrichen. Ein dünner Nebel hing über dem Shepherd's Hollow, feucht und geräuschlos.

Gideon wachte nur langsam auf. Das allmähliche Erwachen nach einem traumlosen Schlaf, so tief wie ein Grab und doch irgendwie... erlösend. Er blinzelte zur Decke, lauschte. Nur die leise Stille eines alten Hauses, das noch schlief. Langsam richtete er sich auf, rieb sich den Nacken. Die Kleidung klebte leicht an seinem Körper, er hatte noch immer die Jacke, Kleidung und seine Schuhe an. Ein Blick zur Uhr: 07:14 Uhr.

Er stand auf, streckte und entkleidete sich und ging dann ins kleine Badezimmer. Kaltes Wasser aus der Leitung, das vertraute Duschritual. Es half ihm seine Gedanken zu ordnen. Fünfzehn Minuten später war er wieder angezogen und bereit, äusserlich ruhig, aber innerlich aufgewühlt. Aber das war Gideons Art. Gefasst im Moment, denkend in der Tiefe. Er ging hinunter in die Gaststube. Der Raum war noch leer, nur vereinzelt Licht. Der Duft von Kaffee, Toast und gebratenem Speck hing bereits in der Luft. Wirt Douglas Harrow trat gerade durch die Schwingtür zur Küche, wie gewohnt ein Handtuch über der Schulter.

Als er Gideon sah, blieb er kurz stehen: „Na sowas, der frühe Vogel. Ich hätt' gedacht, Sie schlafen heut aus nach so einem... Ausflug."

Gideon lächelte leicht: „Ich hatte eine lange Nacht. Aber keine schlechte."

Harrow runzelte die Stirn, trat näher: „Und? Was hat der Hügel Ihnen erzählt?"

Gideon wich dem Blick nur um Sekundenbruchteile aus, dann setzte er sich an seinen Stammplatz am Fenster: „Nicht viel. Nur, dass er noch schweigt."

Douglas musterte ihn kurz, nickte dann langsam. Er schien zu spüren, dass weitere Fragen unnötig wären, oder zwecklos: „Ich mach Ihnen ein ordentliches Frühstück. So wie gestern?"

„Gerne. Und einen starken Kaffee, bitte."

„Kommt sofort."

Harrow verschwand wieder in die Küche. Gideon blickte aus dem Fenster. Der Nebel hatte sich zwar gelichtet, aber in seinem Inneren blieb vieles noch verhüllt.

Gideon fuhr am späten Vormittag los. Der Himmel war klar, aber das Licht wirkte matt, als hätte ihm der Tag selbst eine dünne Staubschicht übergezogen. Die Strassen waren fast leer. Nur ab und zu ein Traktor am Strassenrand, ein kläffender Hund hinter einem Zaun. Er erreichte das kleine Pfarrhaus neben der Kirche in Barrow Leigh gegen elf Uhr. Pater Quinn erwartete ihn nicht, aber öffnete nach kurzem Klopfen mit jener ruhigen Freundlichkeit, die ihn beim ersten Besuch bereits ausgezeichnet hatte.

„Ah, Mr. Blake… Ich hatte das Gefühl, dass Sie bald zurückkommen würden."

Gideon nickte: „Ich muss mit jemandem reden. Mit jemandem, der zuhört… und nicht gleich alles erklärt."

Quinn deutete ein Lächeln an und trat zur Seite: „Dann sind Sie bei mir richtig."

Im Wohnzimmer des Pfarrhauses war es angenehm warm. Das Licht fiel schräg durch das bunte Fenster. Der Geruch von altem Papier, Kerzenwachs und Schwarztee hing in der Luft. Gideon nahm auf dem Sessel Platz. Pater Quinn reichte ihm einen dampfenden Becher Tee.

„Was haben Sie gesehen?", fragte er schliesslich.

Gideon begann zu erzählen. Langsam, sachlich, wie er es sich angewöhnt hatte. Er liess nichts aus, aber er wertete auch nichts. Pater Quinn schwieg danach lange, schien sich zu sammeln und das Gehörte zu analysieren. Dann stand er auf und trat zum Fenster.

„Was Sie beschreiben… klingt nicht wie Einbildung. Nicht wie eine Halluzination, auch wenn sie das vermuten. Es klingt… wie eine Erfahrung, die grösser ist als der Mensch selbst."

Gideon stellte den Becher ab: „Sie glauben mir?"

Quinn wandte sich um: „Ich glaube, dass Sie etwas erlebt haben, das nicht von dieser Welt ist und doch tief mit ihr verbunden."

Er setzte sich. Seine Hände lagen gefaltet auf den Knien: „Die umgedrehte Glocke... ist mir als Symbol nicht unbekannt. In apokryphen Texten taucht sie auf, als Zeichen des Schweigens, des Bannens...aber nie als klingende Stimme Gottes. Immer als Wächterin vor etwas, das nicht gesehen werden soll."

Gideon nickte.

„Der Schweiger der Glocke ist keine Gestalt, sondern eine Antwort. Er spricht nicht, aber man versteht ihn, oder man zerbricht." Pater Quinn seufzte. Sein Blick wirkte schwer: „Ich kann Ihnen kein theologisches Konzept dafür anbieten, Mr. Blake. Aber ich kann sagen, dass es in der Geschichte der Kirche viele gab, die auf Dinge trafen, die man weder bekämpfen noch anbeten konnte. Nur... bewahren."

Gideon lehnte sich zurück: „Er hat den Mann, der verschwunden ist, gebrochen. Nicht getötet aber aus der Welt gestossen und ich weiss nicht, ob wir ihn jemals wiederfinden werden."

Pater Quinn sah ihn lange an und zog dann seine Schultern hoch: „Wenn Sie ihn finden...wird er wohl nicht mehr derselbe sein."

Draussen zog eine dunkle Wolke vor die Sonne. Das Zimmer verdunkelte sich für einen Moment, als würde jemand bewusst einen Schleier über die Welt legen.

„Was soll ich jetzt tun?", fragte Gideon.

Quinn stand auf. Er trat zum alten Regal, zog ein kleines, abgegriffenes Buch heraus. Er reichte es Gideon: „Lesen Sie das. Es ist kein Dogma, nur Gedanken eines Mannes, der mehr gesehen hat, als gut für ihn war."

Gideon nahm es und bedankte sich. Er betrachtete das kleine, unscheinbare Buch in seinen Händen. Das Leder war brüchig, die Seiten unregelmässig geschnitten. Handschriftlicher Text im Innern, mit Tinte die teils verblasst war.

Pater Quinn setzte sich wieder auf den Stuhl gegenüber, verschränkte die Hände: „Dieses Buch stammt aus einer der alten Pfarrhäuser nördlich von Carlisle. Ein Zufallsfund. Ich bin vor einigen Jahren darauf gestossen, als man ein altes Archiv entrümpelte."

Gideon schlug vorsichtig die erste Seite auf. Die Tinte war verwischt, aber lesbar: „Erinnerungen aus der Stille".

„Es ist das Tagebuch eines Pfarrers namens Elias Torrence.", erklärte Quinn. „Er lebte dort in der Mitte des 19. Jahrhunderts, ein zurückgezogener, etwas eigensinniger Mann. Er wurde einmal abberufen, weil seine Predigten… sagen wir, zu frei wurden. Weil er Dinge sah, von denen man sagte, sie seien nicht von Gott und doch auch nicht vom Teufel."

Gideon hob den Blick: „Er schreibt vom Schweiger?"

Quinn nickte langsam: „Nicht mit diesem Namen, aber er spricht von einer Gestalt mit roten Augen, die nicht spricht, die erscheint, wenn man sich zu tief in etwas Altes hineinwagt. Er beschreibt eine Glocke, die nicht läutet und von einer Prüfung, die nicht jeder besteht."

Gideon fuhr sanft mit dem Finger über die erste Seite: „Das klingt... nach genau dem, was ich erlebt habe."

Pater Quinn lächelte: „Deshalb gebe ich es Ihnen. Torrence hatte niemanden, der ihm zuhörte. Vielleicht war es seine Strafe, dass er dennoch alles aufschrieb."

„Ich danke Ihnen.", sagte Gideon leise.

Quinn nickte und lächelte: „Wenn Sie zurückkehren, mit Antworten oder neuen Fragen, dann bin ich hier."

Gideon verabschiedete sich von Pater Quinn und trat aus dem Pfarrhaus. Die kühle, klare Luft empfing ihn wie ein Schleier nach einem zu langen Traum. Er hatte das Buch fest unter den Arm geklemmt. Die Aufzeichnungen von Elias Torrence, ein Fragment der örtlichen Geschichte. Die Sonne hatte sich mittlerweile hinter ein paar vereinzelten Wolken versteckt, aber der Tag war hell genug, um die Welt wieder in ihre gewohnten Formen zu tauchen.

Er schloss die Tür leise hinter sich und trat über den Kiesweg zum Wagen. In diesem Moment hörte er das Grollen eines Motors. Ein silberner Land Rover der örtlichen Polizel bog um die Ecke und verlangsamte, als der Fahrer Gideon erkannte. Der Wagen stoppte neben ihm. Das Fenster wurde heruntergekurbelt.

„Mr. Blake, gut, dass ich sie noch treffe."

Es war der Constabler, dem Gideon vor einigen Tagen im Revier begegnet war. Gideon trat einen Schritt näher: „Ah, Constabler Garvey."

Der Constabler lächelte kurz: „Ich wollte Sie nicht erschrecken. Ich bin nur zufällig hier vorbeigefahren und habe Sie erkannt." Dann wurde sein Ton ernster, blieb aber freundlich: „Sie hatten doch wegen des vermissten Mannes gefragt, wenn ich mich recht erinnere...?"

Gideons Aufmerksamkeit schärfte sich sofort: „Ja... ich erinnere mich."

Der Constabler nickte: „Nun, ich wollte es Ihnen persönlich sagen, da ich annahm, Sie wären noch in der Gegend. Der Mann ist wieder aufgetaucht."

Gideons Herzschlag beschleunigte sich leicht: „Wo?"

„Gestern Abend, ein paar Dörfer weiter, bei einem kleinen Hof. Der Bauer fand ihn auf einem seiner Felder, barfuss, völlig verwirrt. Er konnte nicht sagen, wer er ist, oder wie er dorthin gekommen war."

Gideon schluckte: „Und jetzt?"

„Er wurde ins Krankenhaus gebracht. Die Ärzte sagen, er ist körperlich in Ordnung, aber geistig... irgendwie leer."

Der Constabler sah Gideon prüfend an: „Er spricht kaum. Sitzt meist still da und schaut aus dem Fenster. Er erkennt niemanden, aber er hat ein Foto in der Tasche gehabt, von einem alten Bahnhof. Verwaschen und kaum zu erkennen."

Gideon fühlte, wie sich seine Finger um das Buch unter seinem Arm verkrampften: „Und was macht nun die Polizei?"

Der Constabler zuckte mit den Schultern und schaute kurz in die Ferne.

„Für uns ist der Fall damit weitgehend abgeschlossen. Er ist gefunden und es gibt keine Anzeichen für ein Verbrechen. Die Familie wurde informiert, soweit man sie ausfindig machen konnte. Er ist nun in ärztlicher Behandlung. Ich dachte nur, es würde Sie interessieren."

Gideon nickte langsam. Er hatte Mühe, die Fassung zu wahren: „Das tut es. Vielen Dank, Constabler."

Der Mann nickte und startete den Motor wieder: „Sie scheinen… jemand zu sein, der Dinge ernster nimmt als die meisten. Passen Sie auf sich auf, Mr. Blake."

„Ich tue mein Bestes." antwortete Gideon mit einem aufgesetzten Lächeln.

Das Polizeiauto fuhr an, bog in die Seitenstrasse und verschwand. Gideon stand noch einen Moment auf dem Parkplatz, das Buch unter dem Arm, die Gedanken unruhig. Der Mann lebte, aber sein Geist war fort. Nicht tot….nur… jenseits des Schweigens.

Gideon hatte am Nachmittag aus dem Gasthaus ausge-
checkt und verabschiedete sich nach dem Begleichen der
Rechnung vom Harrow. Der Weg zurück nach Staithes zog
sich wie ein Band aus grauem Asphalt durch die weite
Landschaft. Gideons Gedanken waren wieder ruhig und ge-
ordnet. Die Küste kam näher. Die vertrauten Konturen des
Fischerdorfs zeichneten sich gegen den Horizont ab, die
Schornsteine, Dächer, der Kirchturm, der sich leicht neigte
wie ein Wächter im Wind.

Als er das alte Kopfsteinpflaster seines Heimatortes erreichte, war es später Nachmittag. Möwen kreisten über
dem Hafen, und irgendwo klapperte eine Tür im Wind. Er
parkte den Wagen auf seinem Parkplatz, stieg aus und
blieb einen Moment stehen. Er genoss das Meeresrau-
schen, den Meereswind und den Geruch von Salz und Al-
gen.

Sein kleines Fischerhaus thronte wie eh und je über der
Steilküste neben den anderen kleinen Häusern, ein wind-
gegerbter Bau mit weissen Fensterrahmen und einer knarrenden Eingangstür. Im Innern war es gewohnt kühl, aber
freundlich. Bücher lagen noch aufgeschlagen auf dem
Tisch, eine Tasse vom Tag seiner Abreise stand in der
Spüle. Alles war, wie er es verlassen hatte, und doch...
fühlte er sich nach den Ereignissen leicht anders.

Er streifte die Jacke ab, stellte sein Gepäck auf den Boden
im Flur und zog die Schuhe aus. Nachdem er in seine Pan-
toffeln geschlüpft war, ging durch den hinteren Flur in das
kleine Gewächshaus, das sich wie ein Glasrücken an das
Haus schmiegte. Feuchtigkeit perlte an den Scheiben, und

das Licht fiel milchig durch die beschlagenen Scheiben. Die Pflanzen standen ruhig, als hätten sie auf ihn gewartet.

Gideon atmete tief durch. Er ging von Topf zu Topf, prüfte, goss etwas Wasser nach und ordnete die Blätter. Die Hände fanden ihre Arbeit von selbst. Sein Geist kam dabei völlig zur Ruhe. Nach einer Weile ging er zurück ins Haus, setzte Wasser auf, machte sich einen Tee mit Zitrone. Er setzte sich an seinen Lieblingsplatz am Fenster und nahm sein Handy vom Schreibtisch, überlegte kurz und rief dann Lea an.

Sie nahm schnell ab: „Gideon. Endlich. Ich habe mir Sorgen gemacht."

Er lächelte: „Du brauchst dir keine Sorgen zu machen. Der Fall... ist beendet."

„Und? War es... so schlimm?"

„Anders. Nicht schlimm und nicht einfach, aber... wichtig."

Sie schwieg einen Moment: „Und du?"

„Ich bin... ein wenig müde. Aber es geht mir gut. Wirklich."

„Ich vermisse dich.", sagte sie leise.

„Ich dich auch."

Er blickte aus dem Fenster. Der Himmel über Staithes war klar. Das Meer bewegte sich schwer und ruhig: „Ich denke, ich komme dich besuchen. Ein paar Tage, vielleicht... auch länger dieses Mal."

Ein kleines, warmes Lachen am anderen Ende der Leitung: „Ich würde mich freuen."

„Ich bringe dir etwas mit."

„Ein Souvenir aus dem Jenseits?"

„Etwas Besseres, Stille, aber in einer Whiskeyflasche."

Sie lachte und zum ersten Mal seit Tagen spürte Gideon, wie die Last ein wenig leichter wurde. Er legte nach der herzlichen Verabschiedung auf, trank seinen Tee aus und trat noch einmal hinaus. Der Wind zupfte an seinem Hemd. Am Horizont zogen Möwen ihre Kreise und ganz tief in seinem Innersten wusste er: Das war nicht das letzte Flüstern, das ihn erreichen würde. Er ging zurück ins Haus, setzte sich an den kleinen Schreibtisch am Fenster und schrieb den letzten Eintrag zu diesem Fall in sein Notizbuch:

Fallnotiz Eintrag 14 – Tallow's End Abschluss
Ort: Zuhause in Staithes
Zeit: Später Abend, nach meiner Rückkehr
Zustand: geistig klar, körperlich erschöpft, aber ruhiger als erwartet

Anmerkung:
Tallow's End ist ein Ort, der nicht vergessen wurde – sondern verdrängt. Nicht wegen seiner Geschichte, sondern wegen dem, was dort ruht und nie ausgesprochen wurde.

Die Glocke hat nie geläutet, und doch hat sie eine Botschaft hinterlassen. Ich habe Dinge gesehen, für die es keine Worte gibt. Ich wurde Zeuge von etwas, das älter ist als unser Verständnis von Gut und Böse. Etwas, das man nicht bekämpft, sondern nur... anerkennen kann.

Der verschwundene Mann wurde gefunden. Sein Körper ist zurück, sein Geist nicht. Und vielleicht war das der Preis für eine Wahrheit, die nicht für ihn bestimmt war. Vielleicht erinnert er sich irgendwann, an das was war und was er ist.

Ich weiss nicht, warum ich die Prüfung des Schweigers bestanden habe, oder ob ich es wirklich habe? Aber ich weiss, dass es mehr solche Orte gibt, und dass manche nur dann über sie sprechen, wenn man lange genug zuhört.

ENDE

EPILOG

Es war kurz nach 22 Uhr, als Lea das Handy aus der Hosentasche zog. Sie war gerade dabei, den Balkon zu verlassen und ins Wohnzimmer zurückzukehren, als der Bildschirm aufleuchtete:

„Anna"

Eine Freundin aus ihren gemeinsamen Jugend- und Ausbildungsjahren. Die Anrufe waren seltener geworden. Meist waren es Weihnachtsgrüsse, Geburtstagswünsche, belangloser Smalltalk oder das gegenseitige Erzählen alter Geschichten, aber nie zu dieser Uhrzeit. Sie nahm das Gespräch an.

„Anna? Alles in Ordnung?"

Am anderen Ende zögerte es. Dann eine Stimme, leise, angespannt: „Lea... es tut mir leid, dass ich so spät anrufe. Aber ich wusste nicht, wen ich sonst fragen sollte."

„Was ist passiert?"

Anna seufzte am anderen Ende der Leitung. „Du erinnerst dich doch an die alte Munitionsfabrik und die Bunker bei uns in der Nähe in Birkenhain? Da, wo wir früher immer rumgestromert sind."

„Natürlich. Die stehen doch seit Ewigkeiten leer."

„Seit ein paar Wochen ist da... etwas. Ich kann's nicht erklären. Aber gestern Abend... ich habe dort etwas gehört oder gespürt."

Lea setzte sich auf die Sofakante. „Was meinst du mit etwas?"

Ein flacher Atemzug am anderen Ende.

„Es war wie ein Gefühl. Aber… es hat mich angesprochen... als würde es wissen, dass ich da bin." Anna machte eine Pause: „Ich glaub, du kennst jemanden, der mit sowas umgehen kann."

Lea schwieg einen Moment. Dann antwortete sie leise: „Ja… ich kenn da jemanden."

Sie beendete den Anruf, legte das Handy neben sich und starrte hinaus in die dunkle Nacht. Die Strasse war leer. Die Fenster gegenüber spiegelten nur das Licht ihres Wohnzimmers. Aber etwas… etwas hatte sich bereits auf den Weg gemacht. Sie würde gleich morgen früh Gideon anrufen.

Fortsetzung folgt… in Band III

Über den Autor

E. Ray Sanders wurde 1969 in der Schweiz geboren und lebt auch heute noch dort. Weit entfernt von alten Herrenhäusern mit knarrenden Dielen, aber nie ganz ohne den Blick für das Unheimliche zwischen den Zeilen. Im Alltag befasst er sich mit Strukturen, Risiken und der Kunst, das Unvorhersehbare planbar zu machen. Vielleicht ist es gerade dieser Kontrast, der seine Faszination für Spukgeschichten, alte Legenden und das Unerklärliche genährt hat.

Mit „Die Protokolle des Gideon Blake" erfüllt er sich den lang gehegten Wunsch, diese Leidenschaft literarisch auszuleben. Seine Geschichten sind geprägt von Atmosphäre, psychologischer Tiefe und dem Gefühl, dass sich das Unheimliche oft dort verbirgt, wo man es am wenigsten erwartet. Er liebt Gruselklassiker, durchforstet gern historische Quellen und ist überzeugt, dass manche Schatten aus der Vergangenheit sich nur erzählen lassen, wenn man ihnen mit Respekt begegnet.